陪我到最後

鈴木大輔

目　錄

他拚命追尋著那道滿頭白髮的背影。

他不希望她走。

他不希望她死。

心中滿懷這樣的念頭狂奔著。

然而，回應而來的話語卻是如此：

「我沒有辦法背負起兩人份的重擔，對不起喔。」

白髮蒼蒼的背影轉眼間遠去。

他希望她回來。

他希望她歸來。

他聲嘶力竭地吶喊，跑到腳都要斷了，他追不上她。儘管知道無法如願，仍不斷疾馳。他伸出去的手揮了個空。即使如此，他的腳步也未曾停歇。

†

這是一場「終結的故事」。

描寫兩名少年和一名少女由生至死，一場「絕對不會開始的故事」。

假若要特地為它訂定一個「起始」，那麼藤澤大和在夏日某天醒來的那一刻，這場故事便「告終」了。

第一話

藤澤大和是一名普通的高中生。

他的身高一百七十公分，體重六十公斤，年齡為十六歲。

他出生於東京，不過由於父母的緣故，小學時便轉學了。爾後，他體驗著各式各樣的突發狀況，過著尚稱和平的生活，直至今日。

不，他唯有一個異於常人之處。

那就是他認識的人裡面有個魔女。

†

回過神來，魔女便向他攀談了。

「喂，大和。喂，藤澤大和？」

在這道聲音的呼喚下，他緩緩睜開眼睛。

「喔，你醒啦，很好很好。你認得我嗎？」

「……妳是 Maria 老師。」

「很好很好，你確實記得呢。」

魔女燦爛一笑，翻開白衣拿出了智慧型手機說：「啊～喂，凜虎？啊～嗯，他起來嘍。嗯，妳立刻回來。之後再去跑腿就行了。」

「……」

抬起身子來的大和眨了眨眼。

這時他才發現自己躺在榻榻米上。

他環顧著左右。

這片光景他十分熟悉。這裡是魔女——Maria 老師的家。古民宅、階梯式五斗櫃、泛著漆黑光澤的粗大支柱。身為民俗學者的老師所收集來的陳年用具、古董或標本等東西塞滿了室內。

（呃——）

大和總覺得腦袋不靈光，很多事情都想不起來。

是剛睡醒還在呆滯嗎？那麼就來舒展一下腦袋吧——於是大和試著依序回想魔女的個人資料。

她名叫 Maria，不知道姓什麼。應該說完全沒聽過。就連她的名字是以片假名寫作瑪麗亞，或是以漢字寫成真里愛（註1）這點都不曉得。之所以會這麼說，是因為她的外表像個外國人，看似有二分之一或四分之一的外國血統。雖說如此，依據觀望角度不同，看起來也像是個普通的日本人。

雖然她號稱職業是民俗學者，但大和也不甚了解。感覺她跋山涉水的時間和花在神祕研究上頭差不多。順帶一提，她是個年齡不詳的美女，因此被取了魔女這個綽號。

（嗯，這部分我還想得起來。）

大和自顧自地點點頭，覺得腦袋好像清楚了一些。

再繼續回想一下看看吧。

接著要回憶什麼呢？

Maria老師。雜亂無章的古民宅——對了，再來要憶起的是一名少女的臉龐。她的名字叫青山凜虎，是大和的兒時玩伴。

「喔，妳來啦。動作真快。」

老師的聲音從廚房傳了過來。

緊接著隨即傳來「喀啦喀啦！喀鏘！」的聲音，還有「咚咚咚咚咚咚！」跑過走廊的腳步聲。

而後——

「藤澤？」

一名女高中生猛然開啟門扉，衝了進來。

「藤澤！」

「嗨，青山。」

「藤澤！」

「喔……喔，我是藤澤啊。」

大和不知所措地頷首。青山凜虎的模樣相當駭人，她滿臉通紅、汗如雨下，長長的黑髮緊貼在臉頰上，眼神認真到甚至能夠奪人性命，還「呼、呼、呼」地氣喘吁吁。

「來，我泡了茶喲。」

Maria 老師端著放有玻璃杯的托盤回來了。

「凜虎妳也要喝吧？看妳汗流浹背的。」

「謝謝您。」呼、呼，「我不客氣了。」

「畢竟是夏天嘛，得補充許多水分才行呢。」

沒錯，現在是夏天。

註1：片假名マリア和漢字真里愛的發音都是Maria。

大和後知後覺地如此心想。午後的外頭有著強烈的陽光，好似以油漆塗滿的湛藍天空和耀眼的白色積雨雲，以及傾瀉而下的蟬鳴聲。

大和與凜虎並肩而坐，喝著麥茶。老師喃喃抱怨著「啊，糟糕。我忘記處理昨天收到的櫻鱒了」，同時再次回到廚房去。

「呃……」

大和的腦袋仍然轉不過來。

他望向一旁。

白色襯衣配上制服裙子。青山凜虎不常穿便服，這是她的標準打扮。比大和更常出入這棟古民宅的她，和 Maria 老師亦有一些緣分。

緣分？

沒錯。追根究柢，大和會轉學過來的契機，是因為他的雙親和老師認識。Maria 老師在這個鎮上擁有一間研究室，在這個狀況下到此一遊的雙親很中意這座城鎮，喜歡到都住下來了。當時真是給大和找了個麻煩。

這件事他想得起來，但……

「那個啊，青山。」

「什麼？」

「我要問妳一件奇怪的事情。」

說到這裡，大和便噤口不語。

「……」

他正被凝望著。

凜虎以認真的目光看著他。

「咦，什麼？為什麼氣氛會變成這樣？」

「沒有啦，沒什麼。」

她別過視線去，喝著麥茶。感覺她態度怪怪的，握著杯子的手好像也在微微發抖。

（嗯嗯？）

即使歪頭思索，大和也沒有頭緒。無可奈何的情形下，他只好將矛頭指向別人了。他有一件事情想要立刻確認清楚。

「那個，老師不好意思。」

「嗯？什麼事？」

「我要問妳一件奇怪的事情，就是『我人為何會在這裡呢』？」

「咦？」

老師身穿白衣的背影並未回頭，笑道：

「怎麼，你該不會失憶了吧？」
片刻間的沉默。
唧唧唧唧——蟬鳴聲有如陣雨般不識趣地響起。
「哎呀，這個……」
大和抓抓頭，如此承認道：
「是的，感覺似乎是那樣。」

†

『太陽也快下山了，總之你就先回家看看吧？』
這是 Maria 老師的提議。
『要住我這裡也行啦，但你沒有換洗衣物，而且還要打工吧？再說我也很忙。』
於是到了現在。
大和和凜虎走在鎮上。
這座城鎮——是岐阜縣郡上市八幡町，群山環繞的寧靜城下町。保留了許多古老住宅的街景有所謂小京都的風情，觀光客的數量相當多。

更何況現在還是夏天。

說到八幡的夏天，最重要的就是「郡上舞」。

這種舞蹈同時也是供養祖靈的儀式，會持續在夏季時分舉辦，總計長達一個月。夕陽西下的這段時間，四處可見喜歡跳舞的人們穿著浴衣的模樣。

「……」

「……」

兩人不發一語地走著。

他們之間的往來原本就不是建立在長談上。大和姑且不提，凜虎算是個寡言的人。由於他們是會天天見面的關係，因此也沒有新的話題。

（是說——）

大和不時望向走在半步前方的少女，發著牢騷。

今天的青山凜虎好可怕。她本來就是個五官立體的人，一旦抿緊了嘴沉默不語，便頗有魄力的。正因為她相貌端正，所以更難處理。

「噯，青山。」

「什麼？」

「妳心情不好嗎？」

「沒那回事。」

「妳果然不開心。」

「並沒有。」

「妳看起來不像心情愉快的樣子。」

「才沒有呢。」

青山凜虎的個性很頑固。

她從以前就是這樣，一旦決定的事情就絕不改變。然而由於她惜字如金，很容易招致誤會。就連現在也是，明明可以再多說出一點心裡話的嘛。

（唉，真拿她沒辦法。）

大和抓抓頭，放棄了。若是這種程度能了事那也就算了，今天的凜虎神經已經繃得很緊了，不要違逆老虎方為上策。

（……奇怪？）

大和眺望著夕陽開始西下時的街景，忽地注意到。

觀光客裡頭有外國人。

這點本身並不稀奇。這裡是個不折不扣的觀光勝地，來自海外的訪客不分人種國籍，甚至也有強者穿著浴衣加入了舞蹈的行列。

然而，一頭白髮的人如此顯眼可是第一次。

與其說是白髮，不如說是白金——不，比起白金更像是皚皚白雪。那樣滿頭白髮的人在人群當中零星可見。

「我說啊，青山。」

「什麼？」

「總覺得今年的外國人比平時還多耶。是有電視節目或雜誌在介紹這座小鎮嗎？」

「……」

凜虎停下了腳步。

她回過頭隔了一會兒後，瞇細雙眼說道：

「藤澤你呀……」

「喔。」

「從以前就很遲鈍耶。」

「咦？為啥啊？我才不遲鈍咧。」

「不，你就是遲鈍。」

凜虎如此斷定後，再次邁步而行。

她的腳步很快，看來果然是心情不佳。雖然她冷漠的態度是家常便飯，但今天的樣子真的怪怪的——

「喔～這不是大和及凜虎嗎？」

有道聲音在呼喚他們。

「你們的感情還是一樣好耶。」

大和回頭一望，發現有數名曬得黝黑的高中生在那兒。當中個子特別高的小平頭男生，笑著向他們揮手。

他是長瀨雅也。隸屬棒球社，守備位置是三壘手。他與大和從小學開始就是同學。

「喔。你練完社團活動要回家嗎？」

「是啊。今天也被教練狠狠地操了一頓，全身上下都在嘎吱作響。」

雅也露出雪白的牙齒，而後歪著頭納悶地說：

「大和，你做了什麼事情來改變形象嗎？」

「啊？」

大和驚訝地眨了眨眼。

「沒啊，我什麼也沒做。」

「是嗎？不，總覺得你給人的氛圍變了。話是這麼說，但也不是有哪裡產生了什麼改變啦。

哎呀，是這樣啊。唔——」

儘管頻頻歪著頭，雅也還是接受了。大和聽不懂他在說什麼。只要不提失憶這點，他自認沒有任何變化。

「雅也。」

這時凜虎介入打岔。

她狠瞪著雅也說：

「我們今天很忙，下次再聊。」

「唔喔。」

雅也吃了一驚。

接著他抱住大和的肩膀，小聲說：

「喂，那傢伙還是一樣尖銳嘛。她以一臉超可怕的表情在瞪我耶。」

「她平時就是這樣，我習慣了。」

「我可不習慣啊。」

嘟嘟囔囔抱怨個不停後，雅也說了句「那再見啦」，揮揮手再次邁步。

「喔，對了。」

雅也轉過頭來，說：

「差不多是他滿兩年的三回忌了吧？」

「……喔，是啊。」

一段短暫的沉默過後，大和開口回覆。

「三回忌？」和雅也同行的棒球社社員問道。另外一名社員說：「那個啦，青山雪夜的。」「啊～對喔。已經到這個時期啦？我都忘了。」「你別忘記啦，你們不是同一所學校的嗎？」

諸如此類的交談持續著。

「凜虎，我也要去露個面。」

雅也接著繼續說：

「要是有什麼我幫得上忙的地方，就儘管說吧。我也會跟同學那邊打個招呼的。妳家應該也很多事情要忙吧？畢竟家裡只有妳和外公。」

「謝謝你。」

凜虎老實地開口道謝。

「我先告知外公再聯絡你。我想會給你添許多麻煩，還請多多關照了。」

†

他是鎮上無人不知的醫院繼承人，生來便體弱多病，一年當中有一半的時間請假沒上學，但個性溫柔又老成，學業是班上第一名。

青山雪夜便是一個這樣的少年。

對於只有活力十足這個優點的大和來說，雪夜在他眼中總是非常耀眼，但奇妙的是他們的個性很合得來。兩名少年隨即交好，而在這樣的緣分之下，他和青山凜虎也成了好朋友。雪夜和凜虎是一對雙胞胎兄妹。

雪夜是在兩年前過世的。那是他們認識後所度過的第四個夏天。

「兩年了呢。」

夜幕逐漸籠罩小鎮，凜虎在這當中喃喃低語。

兩人並肩坐在河畔。這個時節的吉田川有著燈籠的光芒，醞釀出夢幻的氛圍。

「哥哥往生後已經過那麼久了。」

「這樣啊。兩年了嗎？」

大和細細玩味著逝世好友的名字。

當年還是國中生的少年少女，如今成了十六歲的高一學生。

「畢竟差不多快到盂蘭盆節了，那傢伙說不定回來了啊。」

大和這番話並不是認真的。

但他也沒有開玩笑的意思。倘若能夠再次見到雪夜一面，大和有好多話想對他說。也有許多事情想詢問和傳達給他知道。

凜虎思索了一陣，同意他的看法。

「可能吧。」

這裡的外國人一如往常地多。他們陸陸續續地走到這種河畔下來。即使是在這段夕陽西下的時間，那頭獨特的白髮依然極度顯眼。

「嗳，藤澤。」

「喔。」

「我要講一件認真的事情。」

青山凜虎原本就是個認真的人。

而這樣的她要講「認真的事情」。

「咦？什麼啊？感覺好可怕耶。」

大和嘗試笑著打哈哈過去，但——

「你所說的外國人，『他們是已經不在世上的人』。」

「咦？」

大和眼睛眨個不停。

「什麼？妳說什麼？」

「四處可見滿頭白髮的人對吧？那群人已經過世了。說得好懂一點，他們就像是幽靈一樣的東西。」

大和再次眨了眨眼。

他所認識的青山凜虎，不是個會開這種玩笑的人。

「放心吧，他們並不是可怕的東西。那就像是幻影一樣，不會做任何壞事。應該說，他們無法進行溝通，就僅是存在於那兒罷了。」

大和望向周遭。

燈籠亮光隨著蒼茫夜色悄悄接近而浮現出來。觀光客則是在河岸乘涼。極其自然地混入其中的白髮人士儘管搶眼，卻也只是如此而已——硬要說的話，可能唯有總是獨來獨往這點不太自然吧。不，但即使如此——

「我想，看得到他們的人就只有我們，還有 Maria 老師。其他人似乎看不到，雅也也一樣。雖然他好像察覺了什麼就是。」

凜虎的態度十分正經。

甚至令大和猶豫要不要插嘴。

「我不曉得往生者為何會以那樣的形式出現，也不明白在其他土地上的狀況是不是一樣。不過，至少在這塊土地上是如此。」

「……呃——」

大和略顯顧慮地開口：

「換言之，我以為是外國人的人們根本不是活人？不不不——」

就在此時——

有一名白髮蒼蒼的人通過他們的身旁。他的年紀大約三十至四十歲，看似是個十分普通、隨處可見的男性。然而——

「啊……」

大和不禁驚叫出聲。

凜虎緩緩伸出手，阻擋住那名白髮男子的去路。

而那名男子「穿過了」凜虎的手。

「藤澤，你很遲鈍。」

凜虎將視線轉移到潺潺流動的河面上，平淡地說道：

「但這也沒辦法，畢竟你死過一次。記憶會有點混亂，腦袋會轉不太過來，都是理所當然的。」

獲得此一契機，大和的記憶開始急速地整理起來。

凜虎今天的態度。劈頭就大喊著「藤澤？」「藤澤！」「藤澤！」很明顯不是往常的她。她很拚命，心頭既不安又不踏實。如今一想，自己為何能夠平淡以對呢？明明光是青山凜虎慌張失措的時候，狀況便已經極度異常了！

追根究柢，到底發生了什麼事？為何自己會在 Maria 老師的研究室裡熟睡呢？會到研究室叨擾是稀鬆平常的事，在裡頭打盹也不是不可能，但大和無法理解。而且 Maria 老師的態度也有些奇怪。

還有消失的記憶。自己為何並未抱持更多疑問呢？僅有甦醒前後的記憶無影無蹤，這樣也太奇怪了吧？又沒有喝酒，有可能像這樣短暫失憶嗎？

「藤澤。」

凜虎指著水面說道。

「你看看自己的模樣。」

「我的？」

大和往涓涓河岸窺視而去。儘管是夕暮時分，在燈籠的光輝照耀下，河面仍朦朦朧朧地映出了自己的身影。

大和笑了。

這也只能笑了。

原來如此，自己似乎真的很遲鈍。

映照在碧波蕩漾的水面上的身影，也讓他清楚明白了。

他——藤澤大和的頭髮，和鎮上四處皆是的那些「外國人」一樣，都是宛若白金的純白顏色。

第二話

晶瑩剔透的白皙肌膚，和漾著深黑色的眼瞳。

青山雪夜人如其名，和山坳裡的靜謐城下町十分相襯，是個體弱多病卻充滿知性的少年。

「哥哥，好久不見。」

這裡是郡上市八幡町的南側。

青山凜虎的身影，位在沿著山麓樹立的墓地一隅。

「真對不起，我完全沒辦法過來。因為我一個人怎麼樣也無法前來。」

長滿青苔的墓碑。

遭受風吹雨打的「青山家」文字。

蟬兒唧唧擾人的鳴叫聲。

凜虎心想：那天也是這種感覺呢。

身穿喪服的人一字排開、香火的氣味、四處傳來「真沒想到事情會變成這樣」的低語，以及和前者一樣多的「雖然如此，但他活得很精彩」這番話語。

兩年前的夏天。

哥哥的遺容，和生前一樣俊美。

「哥哥，藤澤他死掉了。」

凜虎蹲在墓前說道。

她的表情非常緊繃。

感覺泫然欲泣，卻又沒掉下半滴淚。兩年前凜虎也未曾落淚。她有自覺，自己沒立場正常地感到悲傷。

「我呀，總覺得早就知道會變成這樣了。與其說覺得，或許不如說我在等這一刻。我很糟糕對吧。」

凜虎玩弄著長長的髮絲呢喃道。

那頭黑髮毫無捲翹，光澤閃閃動人。這對兄妹沒有任何相似之處，就連頭髮也是。

「不過，幸好事情是我在的時候發生。因為，萬一他在我渾然不覺之處死去，我根本無能為力嘛。」

一縷線香的輕煙裊裊升起。

櫻花樹葉鬱鬱蒼蒼。夏日太陽製造出濃重的陰影。

今天也是個萬里無雲的大晴天。

「下一個就輪到我了對吧，哥哥。」

悄聲吐露的獨白，混在蟬鳴聲之中消逝而去。

†

「喔～你是自己發現的呀？了不起、了不起。」

Maria 老師敲著手稱讚大和。

看來自己已經死了——這件事實攤在大和眼前的翌日，於老師的研究室裡。

「所以？」

老師問道。

「之後你做了些什麼呢，大和？」

「之後是說？」

「我的意思是，凜虎特意兜圈子讓你察覺後，你做了什麼。」

「就算妳這麼問，我也……」

大和抓了抓頭。

「我去夜市打工，回家吃了個飯，然後洗個澡就睡了。」

「你並沒有慌張失措或焦躁不已呢，真是個大人物。」

「不，並不是那樣。單單只是我沒有實際感受啦。」

古民宅、階梯式五斗櫃、泛著漆黑光澤的粗大支柱。身為民俗學者的老師所收集來的陳年用具、古董或標本。

老師的研究室一如往常。

不同的只有藤澤大和一個人。

「你昨天一整個呆滯嘛，大和。」

老師倒著麥茶說。

「感覺不但記憶模糊，視線也飄移不定。你的腦袋昏昏沉沉，意識也不清楚吧？」

「是的，沒錯。就是那種感覺。」

「現在沒事了嗎？」

「好多了。是說，我想不起來的當真只有短期間的事。我搞不清楚昨天在這裡醒來時的事情經過啦。」

「……」

「其他有沒有什麼改變？你心裡有數嗎？」

大和沉默了下來。

他心裡有底，可是說出口需要做好覺悟。該說是坦率承認會令他畏怯，還是覺得一旦承認就「再也回不來」了呢？

「說說看吧？老師聽你說。」

大和抓著頭。

動作粗魯地像是要拔掉頭髮一樣。

白色髮絲沙沙地晃動。

直到不久前，那些頭髮都還是黑色的。一頭平凡無奇，感覺隨處可見的黑髮。

「那個，老師……」

大和撇下眉梢問道。

他指著自己的頭說：

「這是怎麼回事？我的頭髮為什麼會變成這樣？」

「喔，不要緊。那馬上就不重要了。」

啊哈哈——Maria 老師一笑，接著喝了一口麥茶。

太陽逐漸高掛的上午時分。

陣雨般的蟬鳴聲今天也不斷灑落。

山區的風竄過了紙門敞開的和室，雖然炎熱卻不會令人不快。

「總覺得好懷念呢。」

看準大和冷靜下來後，Maria 老師忽然這麼說。

「雪夜的頭髮也是那種感覺。」

「……」

沒錯。

雖然並未提起，但那是大和看到了自己的樣貌後率先想到的事。

那模樣和死去的友人青山雪夜如出一轍。他是大和最好的朋友——不對，不光是如此，他還是大和特別的人。

†

打從呱呱墜地起便病懨懨。

不符合年齡的知性。

不斷聽聞自己只剩幾年好活的人生。

形形色色的要素打造出青山雪夜這名少年的輪廓，尤其令人印象深刻的便是那頭雪白的髮絲。那和所謂的白化症不同，儘管頭髮和皮膚都很白，但他的眼瞳卻是黑色的。那道深邃美麗的色彩，讓人聯想到北極圈的極光降臨之夜。

大和與他相遇是在五年前，就讀小學五年級時。

事情發生在四月中旬，春天稍晚才造訪山間城鎮郡上八幡的時節。

大和見到青山雪夜的第一個念頭，就是「太炫啦！」

地點是流經入山不遠之處一條小溪畔。

山櫻逐漸綻放，風兒和煦的晴朗春天。

「太炫啦！」

大和不僅是心想，還說了出來。

實際上，那片光景確實很震撼。

鳥兒在天空翱翔。

有麻雀、樹鶯、綠繡眼、斑點鶇、鴿子、烏鴉，甚或老鷹和黑鳶都在這裡。鳥兒們好似融為了一體，又是飛舞，又是玩耍，又是啼叫。

就連尚在念小學的大和也理解到，一般絕對無法目睹此等景象。他所生長的東京自不用說，世界各地都無從得見。

「他」就位在這片不尋常的光景中心。

令人恍然回神的白髮、與大和相仿的年紀——這就是他們倆的邂逅。

「超炫的啊！」

大和繼續呼喊出聲。

那是他率直的感嘆，或許率直過頭了也說不定。聽見他吶喊的少年愣住了。既非生氣亦非發笑，也沒有逃跑或歡迎的樣子。

「啊……」

下一刻，鳥兒們一起飛走了。

振翅高飛。

羽毛飄散，大量的鳥兒擠在半空中，一瞬間甚至遮蔽了天空。

「啊啊啊，太可惜了！」

毫不掩飾失望之情的大和發現，落寞的人反倒是那個白髮男孩吧。難得他聚集了這麼多鳥兒在這裡。

接著大和注意到白髮少年超凡脫俗的氛圍，以及鳥兒會像那樣聚在一起，已經超越了普通的範疇，根本不尋常。

（還是逃走吧？）

這樣的想法閃過大和腦中，但他隨即作罷。

儘管異常，卻沒有危險的感覺。更重要的是，少年該有的好奇心戰勝了那份情緒。

「啊，你好。」

大和稍稍點頭致意。

「你好。」

白髮少年也回了個禮，臉上掛著笑容。

之後他們的進展就很迅速了。大和主動接近他，說：

「剛剛那是什麼？」

「剛剛？」

「有超多鳥兒群集在這裡，那是什麼狀況？」

「喔，我很擅長那麼做。」

「喔——太神了。當真太炫啦。真的好酷啊。」

他們倆隨即混熟了。

大和顯得頗亢奮，各方面的接受度都變高了，雪夜的個性，則是會柔軟地承受強勢態度的類型。

「所以剛才鳥兒聚在一起是什麼手法？」

「就算你這麼問，我也無從回答。我就只是召集鳥兒罷了。」

「不，一般來說做不到吧。」

「嗯，一般是沒辦法的。但我很擅長就是了。」

「方法呢？你是怎麼做的？」

「那有個訣竅，但我不太會解釋。」

「咦？我就是想要你教我那個啊。」

大和嘟起了嘴巴。雪夜笑著對他說：「到時候再說吧。」

接著大和還問了其他事情。他們兩人坐在河堤，聊了住處的事，還有郡上八幡這個小鎮的事——他對白髮少年湧出了無止盡的興趣，討人喜歡的大和完全不缺話題。

「你的髮色是天生的？」

「是與生俱來的沒錯。」

大和乘機詢問道。

雪夜靦腆地摸了摸頭髮。

「這並不是生病的關係。不過我身體不好就是。」

「身體不好還可以跑出來玩嗎？」

「今天狀況有稍微好一點。你要保密喔。」

「在家休息比較好吧？」

「是沒錯。」

雪夜輕輕踢飛了河岸上的小石子，說：

「但閒著沒事做嘛。」

「也是啦。那當然會很閒嘍。」

大和點點頭，接受了這個說法。他原本就是個活潑的少年，不然就不會在旅途當中和家人分開，在這種地方閒晃了。

「對啊，閒得發慌。我偶爾也會想玩一下嘛。」

「就是啊，我懂，我超能體會的。不過我老是在玩就是了。今天我也是擅自跑到這裡來的，之後鐵定會挨罵。」

嗚呃——大和露出了一副厭惡的表情。

雪夜笑道：

「不要緊，這裡離鎮上沒那麼遠。稍微往下游走去，就會看到人們很平常地來來去去。這裡並不危險，萬一被發現也不太會挨罵。」

「真的假的？」

「假如這樣還是被罵，我會幫忙說情的。就用『是我硬拉你來陪我玩』這種藉口。相對的，要是我被罵的話，你也要幫我說兩句。」

「交換條件是嗎？了解！」

大和「Yeah」地豎起大拇指，雪夜也害臊地做出同樣的動作。

「對了，大和。」

雪夜維持方才的姿勢，說：

「我也可以問你一些問題嗎？」

「請說請說。什麼問題？」

「呃——」

雪夜露出略顯傷腦筋的笑容，慎選著言詞。

「你是『怎麼來到這裡的』？」

「咦？就很正常地走過來啊。」

「這樣嗎，很正常地來啊。」

「為什麼這麼問？」

「沒有啦。」

雪夜抓抓臉頰，眼神游移地說道：

「照理說一般是沒辦法到這裡來的。」

「咦？但我就這麼過來了耶。而且也沒看到禁止進入的標誌。」

「不是那個意思——」

說到這裡，雪夜便望向大和身後，並「啊……」地張開了嘴。
大和也順勢轉過頭去。
「啊……」
他也嘴巴開開了。
有個女孩子跳了起來。
更正確地說，那個女孩翻動著裙子在半空中飛舞。
再更精確地形容，她是瞄準大和的臉施展了一記飛踢。

†

「妳好。不好意思，我是青山。」
玄關傳來一道有如玻璃鈴鐺般的清脆嗓音。
「喔，是凜虎呀。」
Maria 老師轉頭瞧向玄關。
沉溺在往事中的大和被拉回現實，啜飲了一口老師倒給他的麥茶。
「老師，打擾了。」

「請進請進。凜虎妳也坐下來喝杯茶吧。」

「我不客氣了。」

凜虎點頭致意後坐了下去。

她坐在大和身旁。大和「喔」一聲向她打招呼，同時讓位給她。凜虎「嗯」地點點頭便就座。長長的黑髮輕飄飄地擾動著空氣。

「藤澤。」

「嗯？」

「你有沒有想起什麼來？」

「不，完全沒有。忘掉的事情一丁點都想不起來。」

「就算到處走走也是？試著睡一晚也一樣？」

「無效。我的記憶果然還是缺了一塊，記不得在這裡醒來前發生的事。」

「這樣啊。」

「說到回憶起來的事情……」

大和壞心眼地「哼哼」笑道：

「我想起和妳初次見面時，忽然被妳踹了一腳的事。」

「咦？」

「已經是幾年前了呢？當我和雪夜要好地培育著男人間的友情時，妳倏地縱身一躍賞了我一記飛踢。」

「那是……」

凜虎吞吞吐吐的。

「那是無可奈何的事。」

「什麼叫作無可奈何啊？」

「因為那時哥哥他……」

「雪夜悄悄溜出去玩耍，妳拚了老命在找他是吧？」

「對。所以我才會心急……」

「但也用不著劈頭就踢過來吧？」

「我想說有個奇怪的傢伙不曉得在對哥哥做什麼，不小心就……」

「被妳『不小心』踹到的我可受不了啊。妳一旦渾然忘我，就超欠缺思慮的。」

「好了，你們兩個。」

老師開口打岔。

「那段往事我已經聽膩了，聊點新東西吧？」

老師也在榻榻米上就座。

三人齊聚在陳年圓桌前。

「雖是這麼說，不過你已經提供了一個嶄新的話題就是。對吧，大和？」

「什麼？」

「你的頭髮，那是亡者的證明。」

還真是開門見山。

「當死人在我這邊出入，或是世界的交界線變得模糊不清時，髮色就會像那樣子變白，具體地顯現在外表上。」

「……」

大和緘默不語。

凜虎以手掌玩弄著喝一半的茶杯。

「呃……」

大和以麥茶潤了潤唇，問道：

「不好意思，請妳解釋清楚一點。」

「嗯，我是可以跟你細說分明啦，但你能不能感受到就另當別論了。所以讓我大略說明一下吧，你不用理解也無妨。」

老師撫弄著下巴，說：

「回到主題，你的白髮是亡者的證明。雖然並非人人可見，也不是世界上各個角落都有同樣的現象發生，但總之就是那麼回事。說不定是我們認知上的問題，也或許那是無法證明的事實，又或者那僅是未正常進化完全的神經突觸隨意運作造成的結果。總而言之，先不管其道理為何，事情就是這樣……到這裡你聽得懂嗎？」

「我……」

張開嘴巴的大和就這麼僵住了。

老師是個好人，鮮少會觸怒別人，不過卻也容易死心斷念。對於聽不懂話的人，她會採取相應的態度。

因此，大和謹慎地篩選著言詞，說：

「我想……我懂。大概。」

「很好。」

老師笑吟吟地點頭回覆。

這時，裝設在牆上的喇叭發出「叮咚——噹咚——」的鈴聲。那是通知正午時分來臨的鎮內廣播。

「也差不多中午了呀。」

老師抬頭看向掛鐘。

「凜虎。」

「是。」

「妳可以幫忙燙三人份的素麵嗎？」

「好。」

「還有，大和。」

「是。」

「你也要吃。放心，死了還是能吃飯的，應該說不吃不喝的話反而會餓死。」

「那個，話題的後續呢？」

「我們邊吃午飯邊講吧。畢竟那不是能馬上處理的問題……不過我就先告訴你結論好了。」

凜虎站起來前往廚房去。

老師放鬆地啜飲著麥茶，說：

「大和，你已經死了。」

「……」

大和不發一語。

在他的視線一角，映照著凜虎身穿圍裙的模樣。

†

就像是確定虧損的期貨交易一樣。

超草率地概括來說，似乎就是這麼回事。

「目前仍沒有任何影響，不過等到那天來臨，銀行戶頭的餘額就會歸零。大概就是這種感覺。」

吸吸吸吸——

Maria 老師吸著素麵說道。

「你的行為舉止既能像活人一樣，周遭也會將你視為活人看待，但你已經失去生命了。雖然還有活動能力，實際上卻已經死了。就算在期貨交易中遭逢重大失敗，當場也不會發生任何事對吧？但總有一天必定會破產。就和那個道理一樣。」

午餐的素麵是做成沙拉風味。

配料有小黃瓜、番茄、萵苣、秋葵和郡上火腿。味道則是依照自己的喜好調配麵味露和美乃滋，再加上少許七味辣椒粉提味。

吸吸吸——

大和客氣地吸著午餐。

青山凜虎做菜很不得要領，她會確認著每一道步驟慢慢做。不論是切菜或盛裝麵條都極度慎重，因此吸飽水的麵條都糊掉了。相對的，擺盤則是出類拔萃。

「……真好吃。」

「嗯。」

凜虎點點頭，也開始吸起素麵來。

當兩人交互發出吸麵的聲音好一會兒後，大和放下了筷子，正襟危坐地說：

「老師，暫且假設我當真沒命好了。」

「嗯，你確實是死了無誤。」

「那我為何會死掉呢？還有，明明已經死了，我又為什麼能夠像這樣正常地存活著呢？在我失憶的那段期間，發生了什麼事？」

「這個嘛，天曉得呢。」

「那我換個問題。假若我真的死了，今後可以復活嗎？」

「不，沒辦法吧。死而復生也太奇怪了。」

「可是，現在也發生了不尋常的狀況對吧？我就像這樣普通地在說話，頭髮還變得一片雪白。況且像我這樣滿頭白髮的人，不也是在鎮上四處遊蕩嗎？」

「那些人也確實失去生命了，就像是幻影啦。和你的白髮一樣，其他人看不到。不過我和凜虎看得見就是了。」

「我正在吃素麵當午餐喔。我一如往常地活著，和先前毫無兩樣。」

「真的耶。你到底是何方神聖呢？真神奇。」

「不，我正想問妳這一點。」

「大和，世上有許多不可思議的事情。」

Maria 老師的口吻很從容。

雖然像個仙人般捉摸不定，但一字一句的發音都很清晰，嗓音格外地響亮。就像是某種療法一般，和她說話會讓人感到莫名冷靜，也不會火上心頭。

「奇妙的事情總是會發生，這也是世間的有趣之處。探究這種珍奇異事則是我的工作。懂？」

「我知道了。那我可以問其他事情嗎？」

「請說請說。」

「老師，妳為什麼這麼清楚呢？」

大和一直想問問這件事。

這個年齡不詳的美女出奇地老神在在，一副上知天文下知地理的樣子。她究竟有何來頭？

「老實說，我覺得自己現在處於很詭異的狀況，但老師妳卻理所當然地和我對答如流呢。」
「是呀，我姑且是個學者嘛。」
「學者都是這樣的嗎？」
「不，我想不是。因為我是個怪胎。」
老師吸著最後一段素麵，而後說道：
「我不只是學者，還是所謂的魔女喔。」
「……真的嗎？」
「嗯，真的。」
「正牌的？」
「嗯，正牌的。」
「……」
大和噤口不語。
凜虎在一旁吸著素麵的聲音，略顯不搭地響起。

†

說到郡上八幡的夏天，不可或缺的便是郡上舞。

那是個總計舉辦時間長達一個月，以國內外有眾多愛好家聞名的長期活動。尤以盂蘭盆節橫跨四天的通宵狂舞最為知名，是為日本三大盂蘭盆舞之一。

祈雨、念佛、供養祖靈——這項風俗的意義並不是只有一個，那也不見得是它的起源，然而它卻如同字面所述，讓人們的身心都舞動了起來。今晚屋形花車也來到了鎮上的主要道路，以〈川崎〉和〈春駒〉這些曲子帶頭獻唱。

「我喜歡〈松坂〉這首。」

凜虎說。

「為什麼？」

大和邊炭烤著香魚邊問道。

「那首曲子太樸實了，換作別首也行吧？而且它也沒那麼熱烈。」

「不過它很恬靜沉著。」

「咦？嗯，我是可以理解啦。」

這裡是橫跨吉田川的新橋畔，舊官廳正前方。在一字排開的攤販中，有一家以當地能捕獲的新鮮香魚為賣點的店。就是大和打工的地方。

「我則是喜歡〈春駒〉。」

大和以圓扇對炭火搧著風，同時說：

「那首曲子果然還是比較能炒熱氣氛。不但絢麗，又動感十足。即使不一起跳，光是在旁觀看也很有意思。」

「可是很普通呢。」

「不是普通，而是中規中矩啦。」

時間是晚上。

每晚都會上演的舞蹈，今天也是人潮滾滾。身穿浴衣的舞迷，將這條絕對算不上寬敞的道路擠得水洩不通。儘管吹著涼風，熱氣卻讓人直冒汗。在這種日子，冰得透心涼的啤酒會賣得很好。

「不過啊——」

在店裡暫時沒有客人上門的時候，大和如是說。

在熙攘往來的人群當中，零星可見滿頭白髮的人。雖說除了髮色之外，他們看起來極其正常，但定睛一瞧便會發現氛圍有異。說得好聽點就是舉止沉穩，講難聽點則是沒有活力。更重要的是，他們不時會變得透明。

「還滿多的耶，並非活人的人。」

「是呀。」

凜虎點點頭回應。

「尤其這個季節更是如此。由於交界線很模糊的關係。」

「因為那樣他們才會跑出來？」

「與其說跑出來，不如說看得見。那些人原本就存在於此了。」

「哈哈，原來是這樣啊。」

大和抓了抓頭。

這時他抓掉了幾根頭髮，那些脫落的髮絲在掉進炭火前便倏地消失了。並非燒成灰燼，而是彷彿像霧氣或什麼 樣失去蹤影。

（總覺得啊——）

一思及此，大和同時也接受了。已經有這麼多現實攤在眼前了，若是不接受應當接受的狀況，便無法向前邁進。

「我問妳，青山。Maria 老師是什麼人？她當真是魔女嗎？」

「嗯。」

凜虎不疾不徐地答道。

「老師她是魔女，這是千真萬確的。」

「是說，魔女到底是什麼東西啊？」

「魔女就是魔女。她們知曉許多一般而言無法理解的事物，所以才會被稱為魔女。一般人不會被這麼稱呼。」

「不，這個我明白啦。」

「但她們和常人沒什麼兩樣。既不會召喚惡魔，也無法引發奇蹟，也沒有永恆的生命。」

「嗯，這我也理解。我懂喔。」

「魔女並非職業，而是一種生存方式。只要如此自稱，便能成為魔女。根本不足為奇。不過我覺得老師很特別就是。」

「這我也明白。畢竟她很奇怪嘛。不過啊，該說這實在是有點突然，還是讓人不知所措好呢？不，道理本身我是清楚的啦。」

「藤澤你……」

凜虎罕見地露出了有些傷腦筋的表情，說：

「意外地不僅是遲鈍，腦袋還很死板呢。」

「……咦？」

是嗎？我錯了嗎？

儘管微妙地無法認同，大和還是接受了。他想要向前邁進。

「那先暫且不提。」

「嗯。」

「青山妳果然也是魔女嗎？」

Maria 老師是魔女。

青山凜虎是 Maria 老師的學生。

換句話說，她是魔女的弟子——會不會是這樣呢？

「我沒有才能。」

凜虎以竹籤插著香魚說道。

她並未在這裡打工，卻也在幫大和的忙。閒著不動不符合她的性格，儘管她的喜怒哀樂之情不明顯，個性反倒既活力十足又積極。

「我根本不是魔女，了不起只是見習生等級。而且我無法也沒有更進一步的意思。不過，老師教了我許多東西。」

「基本上，我和老師交情也不錯。她傳授了我很多，像是登山要訣或是採集山藥的方式。」

「嗯，我也差不多。只不過，她有教我一些不同的事情。」

「妳是何時成為老師的弟子的？」

「……」

凜虎沉默了下來。

表演的曲子換成了〈春駒〉，舞迷們頓時都來勁了。「七兩三分的春駒、春駒！」喝采聲也變得更是氣勢十足，打拍子及踩踏著柏油路的木屐聲不絕於耳。

「藤澤你……」

凜虎並未回答問題，反而開口問道：

「之後想怎麼做？」

「我想復活。」

大和毫不猶豫地立刻回答。

「雖然老師說辦不到，但我不想死啊。我還有想完成的事，在那之前我可不希望撒手人寰。是不是沒辦法呢？」

「沒那回事。」

凜虎回了個斬釘截鐵的答案。

她正色說道：

「不會辦不到，是可行的。你會復活，我會確實讓你活過來。老師雖然那麼說，但沒那回事。『這次我不會讓你死的』。」

「……」

這次輪到大和默不作聲了。

從前曾經流傳過一則謠言。

「殺死雪夜的人是凜虎」這樣一則無稽之談。

大和當然不相信。說什麼凜虎下手殺害雪夜，莫名其妙莫此為甚。這對兄妹的感情很不錯，大和還是一路走來和他們最親密的人。凜虎絕對不可能做這種事。

然而，傳言並非空穴來風也是事實。斷氣的雪夜被人發現時，在他身旁的就只有凜虎一個人。現場還是在郊區，鮮少有人靠近的小河畔。而雪夜雖體弱多病，那陣子的身體狀況也恢復得頗有精神了，甚至讓人不覺得他一直被告誡只有幾年好活。

對這個傳言火上加油的，則是凜虎的態度。她對哥哥的死隻字不提，相對的也未做任何辯解。在喪禮中也沒有流下一滴淚，只是抿緊了嘴肅穆地出席，而後在火葬場鄭重地為他撿骨。這樣的舉止很有她的風格，但旁人看來實在是太過平淡，才會成為傳言的由來吧。

之後在警方的調查當中，她也絲毫沒有不自然之處，這件事就被視為常見的心臟衰竭處理掉了。雪夜的死，如今仍是一個謎團。

背後有著這樣的來龍去脈。

「唉，我會慢慢努力的。」

大和決定避免深究，那不是該在此時搬出來的話題。

他盡可能露出開朗的笑容說道：

「畢竟焦急也沒有幫助。追根究柢，我根本不甚了解狀況。總之我能夠這樣普通地過活，就慢慢來吧。嗯，慢慢地。」

「不行。」

凜虎以堅定的語氣回答。

「得加緊腳步才行，不能拖拖拉拉的。」

「咦？為啥？」

「這樣子的狀態持續不了多久。」

凜虎凝視著舞迷們的隊列說：

「老師也有說，這樣很不自然。從橋上跳下去，便會掉進河裡。其結果是無從改變的，會改變才奇怪。」

「……」

「我認為最久也撐不過這個夏天，必須在那之前想辦法處理好。」

「如果不處理……我會怎麼樣？」

「會死。這次真的會命喪九泉。」

青山凜虎總是一本正經。

她凝望著舞迷們的表情，已經超越了正經的程度，甚至有種悲愴感。

第三話

青山凜虎出身郡上八幡。

但她稱不上純粹地土生土長。有段時期，她被父親位於東京的老家收養，體驗過一段嚴格的教育。她的說話方式和行為舉止時常會帶有都市氣息，便是因此之故。

想改都改不掉。

尤其是說話方式。她和同樣由東京轉學過來的藤澤大和互為對比，大和很快就習慣了郡上腔，也適應了鄉村生活。

「我並不覺得特別困擾。」

她本人如此主張，但真心話又是如何呢？

大和認為，總之那樣才有凜虎的風格。她的個性純樸，就像是典型的笨拙女孩。能夠自由自在地分別使用郡上腔和標準語的青山凜虎——那八成稱不上是真正的凜虎了。

「青山，我不討厭妳這樣的地方。」

「明明就說我不會困擾了。你這樣很奇怪耶。」

他們倆正站在新橋上。

吉田川由東向西流經郡上八幡，橫跨在上頭的其中一座就是新橋。其北側是郡上八幡城，南側則是戰前就蓋好的舊官廳。

「這裡啊……」

大和帶著苦笑眺望橋下。

眼底是吉田川碧綠的河水，橋上的欄杆距離水面有十多公尺。四處可見穿著泳裝的孩子在玩水。

「真令人懷念，這裡就是妳從天而降的地方。」

即使是現在，這段記憶依然會鮮明地浮現。

轉學過來的第一個夏天，大和仍戰戰兢兢地在河裡游泳。聽見了某人的呼喊而抬頭一看，他發現一名少女以藍天白雲為背景，以野獸般的彈性縱身一躍的身影——

「這你可以忘記無妨嘛。」

凜虎鼓起了臉頰。

在這座橋上可以看見一個小小的特產。那是夏季限定的風情畫。

「喔，那個男生要跳了對吧？」

大和揚了揚下顎。

在那個方向，有好幾個男生聚集在橋梁欄杆的正中央。他們所有人都穿著海灘褲。

有一個人跳了下去。

直線朝著深不見底的河川落下，而後激起了水花。在一旁看熱鬧的觀光客們送上了歡呼和掌聲。

「真厲害。他應該還是小學生吧？」

「嗯，我看大概三到四年級左右。」

「不過跳水這件事，還是從前的妳比較厲害。」

「這可以不用回想起無妨。」

凜虎的臉蛋都紅了。大和笑道：「沒辦法啦，我就是會想起來。」五年前的這個時候，她同樣從這裡跳了下來，然後降落在游泳的大和身上。雖說是小孩子，不過那可是一人份的體重砸了下來，結果可想而知。沒受重傷算走運了。

「那是我不好。」

凜虎紅著臉，別開了視線。

而後她又將眼神移了回來，反駁道：

「但藤澤，那也是你的不對。」

「咦？為何？」

「小時候你一次也沒有從橋上跳下來過吧？就算升上了高中也是。」
「這哪裡不對了？」
「只有我一個體驗到這種可怕的回憶，你卻沒有。好奸詐。」
「感覺這好像沒什麼不對。」
「才沒那回事。就是不對。」
「感覺妳好像在找藉口刁難我耶。」
「是那樣沒錯。不過我可是還在記恨喔。」
凜虎狠瞪著大和瞧。
隨後她眺望著橋下喃喃說道：
「我想趁現在先告訴你。」
再怎麼樣，大和也並未詢問「為什麼」。他成天被人說遲鈍，但這點他可是心知肚明。雪白的頭髮、喪失的記憶，以及——認真的凜虎正經的忠告：「會死。這次真的會命喪九泉。」
「我問妳，青山。該怎麼做我才會死而復生？」
凜虎曾說，這樣下去過不了這個夏天。
她還說會確實讓大和復活。
在此有個根本性的問題。一般而言，人死不能復生。用不著 Maria 老師指出這點，天意並非那麼容易扭轉的東西。

「我大致搞清楚狀況了。儘管淨是些不明瞭的事情，但我姑且明白了。可是，我不清楚該怎麼做才好。我無法仰賴那副德性的 Maria 老師，能夠拜託的只有妳了。噯，我該如何是好呢？」

「……」

凜虎並未立刻答覆。

大和的心跳逐漸加快，汗水讓汗衫緊貼在他的背上。

「藤澤……」

凜虎的視線望著前方說：

「無論今後發生任何事，你有全盤接受的覺悟嗎？」

「有。」

大和隨即回應。

「有，我還不想死啊。我有很多事情要做。」

「那可不是件容易的事。有幾項條件。」

「這種東西來多少我都接受，總比死去要來得好吧。」

「好，那麼首先是第一項條件。」

「喔。」

大和的肩膀不知不覺間緊繃了起來。

儘管有所覺悟，但那可是性命的代價，況且凜虎還是自稱魔女之人的學生。雖然不知道會是什麼樣的條件，不過難以想像會是正經的內容——

「今後你每天都要和我在一起。」

「……」

大和鬆懈了下來。

「咦？」

「今後你每天都要和我在一起。做得到嗎？」

「做是做得到啦。是說——」

大和歪過了腦袋說：

「說起來，我們幾乎每天都待在一塊兒吧？我們都沒有參加社團，還常常在Maria老師那裡碰面。」

「嗯，是呀。」

「而且妳還經常來夜市幫我分攤打工的事情，昨天也是。」

「可是前一天我們沒有見面。」

「總是會有這樣的日子嘛。」

「今天開始，我們要每天碰面。」

凜虎筆直地向前邁進。

「你做得到嗎？」

「是可以啦。只要每天和妳在一起就好了是嗎？」

「嗯。」

「知道了，我照辦。這完全沒問題。不過為什麼呢？」

「不告訴你。」

「咦？為啥啊？」

「第二項條件——」凜虎無視於他的提問，說：「就是不准深究。可以嗎？」

「……意思是叫我什麼都不要問嗎？」

「就是那種感覺。」

大和抓了抓那頭白髮。

在搔抓的同時思索著。

「那就是條件，對吧？」

「嗯。」

「知道了，我接受。」

「嗯，就那麼辦。」

「那先暫且不提，具體來說我該做些什麼才好呢？」

「回憶起失去的記憶。」

凜虎說。

「你今後要慢慢回想起來。和我一同度過、一同走在這座小鎮上，和記憶一起找回你所失去的事物。當你記起一切的時候，問題一定也都解決了。」

「意思是我將會復活嗎？」

「大概就是那樣。」

「唔。」

大和並不是個蠢蛋。

他歪頭不解了好一陣子後——

「那個啊，妳和 Maria 老師知道我所遺忘的記憶吧？不論是我為何會在她那裡醒過來，還有究竟為什麼會失去記憶。從狀況來判斷，那樣子是理所當然的吧？」

「不准——」

凜虎的目光相當銳利。

她的眼神又更增添了幾分冷冽，說：

「深究。懂嗎？」

「不行啊。」

「嗯，不行。」

「這樣啊。」

那就沒辦法了。

話雖如此，會忍不住喃喃抱怨也是無可奈何的。

「青山妳啊，從老早之前就是那樣。」

「什麼？」

「一旦話說出口就不聽人勸，講話又太過簡潔，所以老是吃虧，到處遭受誤會。」

「……」

「妳要不要改改這個習慣？」

「事到如今改不了啦。」

凜虎氣呼呼地嘟起了嘴唇。

大和在內心露出苦笑。

儘管他勸凜虎改一改個性，但現在這樣已經算不錯的了。遠比他們倆邂逅那時要來得好很多。

†

決定移居至此是在初次造訪郡上八幡的三個月後，大和就讀小五時。

時間是在即將放暑假的七月時分。這個時期一般不太會有人轉學，如今再次回想也覺得事情來得相當突然。也正因為大和的雙親是自由寫手，才有辦法這麼亂來。

這是一座狹小的城鎮。

轉學生的消息似乎已經傳開了。大和從講台上俯視五年一班的教室，毫不客氣的好奇視線便集中在他身上。

「我是藤澤大和，請多多指教。」

同學們的掌聲為這句陳腐的招呼而響起，班會結束後這些好奇心旺盛的同學便團團圍住了大和。他原本就不怕生，很快就跟幾個男學生聊開了。長瀨雅也同樣也在其中。

「今天有人請假沒來。」

雅也說。

「所以等他來我再跟你介紹。那傢伙很少來上學。」

「那個人——」

大和問道。

「該不會是指雪夜？青山雪夜。」

「咦？你怎麼會知道？」

「其實啊——」

大和將三個月前發生的事情告訴他們。

在小河畔遇見白髮少年一事，他聚集了數量驚人的鳥兒一事，以及和他小聊一下後成為好朋友的事。

「原來是這樣，還有發生過這種事啊。」

雅也似乎很吃驚。

不過比起偶然的邂逅——

「是說鳥兒？這什麼狀況？」

他對鳥兒的事情更有興趣。

「是雪夜聚集來的？原來他在做這種事啊。應該說他做得到喔？我都不曉得耶。」

「喔，是嗎？」

「是說，那是在哪條河岸發生的事情啊？這附近有那種地方嗎？」

「不，就算你問我也……我才剛從東京搬來啊。」

「這麼說也是。不，可是……唔——」

雅也頻頻歪著頭，說了一句「算了」之後——

「那你也認識那傢伙嗎？」

「那傢伙是說？」

「青山凜虎，雪夜的妹妹。」

「啊……」

大和皺起了臉龐，露出苦笑。

「嗯，算認識，也像不認識。」

「你也見到她了嗎？」

「與其說見到，她踹了我的臉一腳。」

「啥？這是怎樣？」

大和將前陣子的事件始末說給雅也聽。

「所以我還滿期待見到他們的。超有魄力的啦。」

「這樣啊。可是雪夜的身體狀況不佳，住院去了。有一陣子沒辦法見到他。」

「那妹妹呢？」

「她今天也不在，八成是去探望雪夜了。她常常因為這樣向學校請假。」

「這樣啊。不曉得明天會不會來呢？」

哥哥自不用說，妹妹也給人留下了強烈的印象，畢竟那可是一記衝著臉來的飛踢。然而很奇妙的是大和卻並未動怒，有可能是因為那招太過巧妙，又或者是青山凜虎帶有小動物被逼上絕境的氣息。總之大和還想再見她一面。

「我趁現在先告訴你好了。」

雅也面露難色。

「雪夜是個好人，但妹妹很不妙。」

「咦？」

「當心點，不曉得那傢伙會做出什麼事情來。」

面對這意外堅定的口吻，大和無言以對。看來他對青山凜虎的印象很差——只有這點，大和非常清楚。

大和要到一陣子之後才知道，轉學第一天她捅出了什麼婁子。

†

「那已經是一段傳說了啊。」

大和緬懷著往事。

時間是晚上。今晚休假不用打工的他，正在和凜虎一塊兒欣賞著舞蹈。

「後來我聽說，妳在轉學第一天就轟轟烈烈地幹了番大事對吧？」

「等等……別提那件事啦。」

凜虎驚慌失措。

但大和沒有住口。

「妳一個個擺平了那些劈頭就來找碴的傲慢男同學對吧？之後還和那些小痞子上演了一段抗爭，不過最後由妳獲得勝利。妳讓對方跪地磕頭，還讓他們統統變成了妳的小弟，沒錯吧？青山凜虎這場全武行，如今似乎成了學弟妹津津樂道的話題啦。」

「……」

青山凜虎的臉蛋紅透了。

那則情報當然是加油添醋過的，實際狀況如下：

轉學來的第一天，凜虎的行為舉止極其普通。她做完自我介紹和打過招呼後便低下了頭，受到同學們如雷般的掌聲歡迎。到此為止和大和沒什麼差異。

大概是她長太漂亮的錯吧。即使沒有妝點自己，又或者正是她並未盛裝打扮，才令她的容貌看起來更出眾。初次見到她的人，態度也變得和平時有些許不同。

事情的契機是來自於名字的話題。

只要忽略就好，卻有人說了出口。那人說「凜虎真是個怪名字耶」。

這名字確實很與眾不同。明明是女孩子卻叫作「虎」，一般不會這麼取名。不論是誰，看到字面都會在意。

隨後關於名字的話題持續了好一陣子。畢竟是個女孩子名字裡有虎字，不難想像那會成為一場略微帶有調侃意味的暢談，不過也僅此而已，可說是某種歡迎的儀式。拋出這個話題的人大概也沒有其他意思吧。一般來說，事情會就此落幕。

實際上並未如此。

在言談當中，凜虎突然顯露了敵意。

據說她的模樣，活脫脫就是露出獠牙的樣子。至今都還很乖巧的她，人如其名地變成了老虎。由頭槌開始，啃咬、扯髮，以及飛踢。鮮明強烈的暴力行為交錯紛飛，聚集在她身旁的男生們轉眼間就被揍倒了。

「那是……」

凜虎縮起身子，開口辯解。

「那是我的錯，對不起。」

「不，跟我道歉也沒用啊。應該說，我也參與了妳的傳說。」

「嗚嗚嗚……」

凜虎的身子縮得更小了。

那或許是她人生的汙點，不過對大和而言則是一段輝煌的戰績，能夠抬頭挺胸自豪的過去。

「抱歉喔，藤澤。」

「什麼意思？」

「我從以前就一直在給你添麻煩。」

「還好啦。我老早就是這種定位了，尤其是在一開始的時候。」

「……抱歉。」

「別介意。應該說我們彼此彼此。」

「是嗎？」

「是啊。特別是現在。」

大和搔抓著雪白的頭髮，說：

「如果沒有妳在身邊，我就沒辦法這麼處之泰然，鐵定會更慌張失措。我根本全都仰仗著妳，今後也要繼續讓我靠喔。」

「嗯，這不成問題。」

凜虎正經八百地點了點頭。

「不過，我覺得沒有彼此彼此這回事。是我受到你的幫助。多虧了你，我才能像這樣在這裡。」

要了解青山凜虎的個性，得花很多時間。

同時，她也是個需要一段時間才會對他人敞開心房的人。凜虎坦承轉學第一天那件事的真相，是在好幾年之後了。

「所以這次輪到我了。」

凜虎說道。

以靜謐卻堅定的口吻說著。

「我絕對不會讓你死掉的。」

這必定會成真吧。

大和心想：這可是青山凜虎如此斷定，八成當真會實現。她不會講些讓人暫且安心的話語。

既然她這麼篤定，就肯定會是那樣。

（謝啦。）

大和在心中表達謝意。就算說出口，她也不會老實接受吧，凜虎一定會回說「該道謝的人是我」。這就是大和所了解的青山凜虎她的個性。

「喔，時間差不多了。」

大和以戲謔的態度改變了話題。

小鎮映照在視野中的景色逐漸轉變。身穿浴衣的人們在石磚上漫步，四處響起木屐的聲音。醬汁的焦香味從攤販飄了過來。

現在是黃昏時分。

看不清楚別人面目的昏暗時刻。

零星可見滿頭白髮的人們。

「我也慢慢習慣這種狀況啦。」

「這種狀況是說？」

「妳看，像我這樣的人根本隨處可見嘛。我逐漸習慣這種狀況了。一點小事情已經嚇不倒我了。」

「這樣不錯。」

凜虎表示同意。

「但是還不夠。你得更適應一點才行，不然我會很傷腦筋。」

「這什麼意思？」

「你馬上就會明白了。」

凜虎看向屋形花車。

屋形花車是舞蹈的中心。高高搭建的花車頂上演奏著長笛和太鼓，歌手配合著樂器嘹亮地吟唱，而舞者們則是圍成一圈這樣度過一夜。

陰陽交錯的黃昏時分。

人們的臉龐蒙上一層黑暗而無從窺見的幽暗之時……

今晚也將舉行祭典。

「走吧，藤澤。」

「咦？上哪兒去？」

「到另一頭去。」

七兩三分的春駒、春駒！

當〈春駒〉的一節開始，舞動的人們群情激沸的瞬間——

大和的視線扭曲了。

「！」

不，與其說扭曲，或許應該說是「偏移」了吧。才以為景色被一分為二，卻又立即和其他樣態緊密貼合。

以大和的感覺來說，就是「明明什麼也沒變，事物卻替換過了」。

眼前的東西毫無改變。屋形花車、排成一圈的舞者，以及櫛比鱗次的夜市攤販。照理說沒有不同才對。一切都和方才相同，然而卻也不一樣。

「怎麼？這是怎樣？」

大和向凜虎發問，但沒有得到答案。

她目不轉睛地望著前方，好像在忍耐著什麼似的沉默不語。

「青山？」

就在這個時候——

身穿浴衣的二人組朝他們迎面而來。她們是一對大概還在就讀國小的女孩子，兩人拿著在攤販買的發光玩具，開心地衝了過來。

「喔——」

二人組沒有看路。大和試圖閃避，可是來不及。

要撞上了。

「！」

結果並未撞到。

（咦——？）

兩名女孩若無其事地通過，心情極佳地衝向舞群的中心。

（這是怎樣？她們穿透過我們了嗎？）

不過狀況不太對勁。

她們只是普通的小女孩，頭髮也是黑色的。最重要的是，她們並沒有那群白髮人士特有的含糊氛圍，是不折不扣的活人。

「穿透過的人是你，藤澤。」

「咦？」

「我說，是你穿透了她們。」

凜虎換了個說法重新解釋一番。

而後她歪過頭，慎選著言詞。

她凝望著大和的雙目，如此說道：

「歡迎來到這一頭的世界。」

「……」

大和的表情僵掉了。

隨後他不經意地瞧向自己的雙手，忍不住笑了出來。

在這十六年當中已熟悉的十根手指頭，彷彿水母或什麼般的呈半透明狀，模模糊糊地映照出另一頭的景色。

第四話

父親說「虎」字好。

母親說「雪」字好。

但他們並未說出「那麼就命名為『虎雪』吧」。這是因為要取名的孩子有兩個。

「該說是先見之明還是什麼呢？」

如今外公也時常會提起。

「妳成長得很強悍，雪夜則是很溫柔。不過我啊，實在不贊成給女孩用虎字、男孩用雪字呢。果然還是父母最了解孩子了。」

真是這樣嗎？

光看結果的確很有先見之明，不過凜虎認為這是典型的結果論。柔和纖細的母親總是面帶微笑守護著父親這個豪邁的自由人——就凜虎的記憶，雙親的關係是如此。之所以會給女兒用虎字，是由於母親並未強力阻止果斷過頭的父親做出這個決定——看來所言不虛。

不過……不對，反倒正是因為如此，自己的名字對凜虎而言才會很重要。別處看不到的名字，可說是血緣的證明。

「就算妳說有這層緣由也……」

當凜虎告訴大和轉學第一天就大鬧一場的理由時，他整個人都傻眼了。他的反應再正確也不過。凜虎回想起當時的狀況，不禁紅了臉頰。那實在太糟糕了。在自己滿溢著諸多後悔的人生當中，算是屈指可數的事件。自不用說，當然是負面的意義。

話雖如此——

凜虎也不是沒有「幸好有那麼做」的心情。若是閉口不語，完全沒有表示任何意見的話，那樣也會招致悔恨吧。凜虎很清楚自己拙於言辭。當時除了採取具體行動外別無他法，同時凜虎要比任何人都對這樣的自己感到羞恥。

（如果我更機靈一點……）

是否就不會讓哥哥死掉了呢？

（如果我能更坦率地表達自己的心意……）

是否就不用選擇這樣的命運了呢？

每當回憶起雪夜靜謐的微笑，凜虎便會咬緊嘴唇。對她來說，那是場深切的空想。精神十足且健康的哥哥，以及很會做人的討喜妹妹……他們的雙親應該也很想目睹此等光景吧。

母親因病辭世，感覺殺也殺不死的父親因意外而喪生。不久後，凜虎也將追隨他們而去。

†

這天，大和被 Maria 老師找了出來。

老師叫他來到的地方是吉田川上游。似乎是釣了太多香魚需要協助的樣子。

「哎呀，真是大豐收。」

老師的心情非常好。

「今天可是十年都不曉得有沒有一次的幸運日。釣竿連乾掉的空檔都沒有就是這麼回事呢。該說就連將上鉤的魚兒從釣鉤拔下來的工夫，都讓人覺得可惜嗎？」

郡上八幡也是一座以香魚聞名的城鎮。一旦到了盛產季節，便隨處可見在清溪揮著長長釣竿的身影。

「今天我要來釣光光～」

老師仍操作著釣竿，貪婪地渴求著獵物，同時說：

「畢竟十年才一次，錯過這個機會可是會遭天譴的。雖然很不好意思，但我要其他釣客都空手而歸——喔，來了來了。」

釣竿前端用力地彎折而下。在陽光照耀下，銀色的魚身發出燦爛光芒。

老師拿著活蹦亂跳的獵物，露出雪白牙齒笑得一臉得意。

「還真好釣呢。」

「對呀對呀。這會不會是天地異變的前兆呢？」

老師將獵物放在拖船上，接著繼續操作釣竿。

她突如其來地說道：

「那麼，另一頭的世界怎麼樣？你和凜虎一塊兒去過了吧？」

「……妳怎麼會知道這件事？」

「因為我是魔女嘛。」

嘶嘶嘶——

老師以俐落的手法操作著釣竿。

「現在的你呀，是正中央的居民。」

「正中央？」

「陰間和陽間的正中央，換言之就像是有實體的幻影一樣。所以你能夠進入那一頭的世界是很平常的事情。」

「……很平常嗎？」

「再平常也不過了。不如說，今後你還會往返許多次吧。八成立刻就會習慣了，與其說習

慣……」

嘶嘶嘶——

老師以俐落的手法操作著釣竿。

「你原本就是那一頭的人了嘛。畢竟都已經死了。」

「……」

「喔，上鉤了上鉤了。」

香魚在水花四濺的急流中跳啊跳的，老師露出了少年般的皓齒。

「老師，難得魚兒上鉤了，可是船放不下啦。」

「不不不，我有準備塑膠袋來。你把放在那兒的魚統統帶回去吧，有福同享，呵呵呵。」

老師一副神采飛揚的樣子。

大和將香魚裝到塑膠袋裡頭，同時問道：

「老師。」

「什麼事？」

「我明明已經死了，卻又為何還活著呢？」

「不曉得耶。究竟是為啥呢？」

「老師是魔女，這方面的事情應該心裡有底吧？」

「魔女也是會有不清楚的事情喔。我又不是神。」

「可是老師，妳還有事情沒告訴我對吧？」

「釣香魚的訣竅要多少我都告訴你。今天的我不是神明，而是王者喔。」

「是關於我的記憶。」

香魚的尺寸大小不一。有的能端上桌給客人，有的身型略小。大和熟練地分開兩者。

「我不記得在老師家醒來前發生了什麼事。那段期間有狀況對吧？因此我才會死掉——我認為這麼想是理所當然的。」

「嗯，確實如此。」

「老師，妳知道發生什麼事情對吧？」

「凜虎呢？她有說什麼嗎？」

「不，完全沒有。」

「那麼，大和。換句話說就是那麼回事。」

嘶嘶嘶——

竿子戛然而止。

王者操控釣竿的手法十分高明，不負其稱號。照這樣來看，香魚搞不好真的會被她釣光光。

「這是你和凜虎之間的問題。我不會說和我無關，但由我這邊干涉不合道理。」

「因為魔女不是一種職業，而是生存方式嗎？」
「喔，你真清楚耶。」
「是青山說的。」
「喔～」
老師凝視著河面，咧嘴一笑。
「那孩子真懂。我並不認為自己有告訴她這些。俗話說『士別三日當刮目相待』，看來女孩子也會在不知不覺間進步呢。」
哼哼哼哼。
老師甚至哼起歌來了。
「……老師很高興呢。」
「這是當然。」
「畢竟大豐收嘛。」
「這也是其中一個原因。」
老師露齒一笑，說：
「還能像這樣子和你說話，這我當然很開心啦。照正常來說根本不能這樣嘛。」
「……」

「你得再有自覺一點。『藤澤大和已逝』這個結果不會改變，你臉上掛著今後還想活下去的表情，但那並不正常。先前我也跟你提過期貨交易的事情吧？」

「……是的，我記得。」

「我們如今像這樣子相處，就是所謂今生的訣別啦。」

她從以前就是這樣。

Maria 老師講話總是毫不掩飾，將真相一直線地攤在人家眼前，完全不拐彎抹角。對方則是會啞口無言。這是家常便飯。

不過，話雖如此……

被她講到這種地步，大和也難免感到無言。

「之後你要再來找我玩喔。」

老師揮揮手，背對大和說道。

「我們倆都來好好享受剩下的這段時間吧。避免留下悔恨，省得日後想說『當時怎樣怎樣做就好了』——好嗎？」

†

長瀨雅也隨即在那之後打了電話過來。

「你今天有空嗎？我想聊一下雪夜三回忌的事情。我請你吃飯，出來吧。」

雅也指定的店家叫「片桐」，這家店在當地是以炒麵和什錦燒名聞遐邇。郡上兒女大部分都有造訪過這家餐廳。

「兩年了啊。」

雅也喝口水，哼了一聲。

「一旦度過才發現不過是轉眼之間啊。不過我覺得很漫長就是。」

「畢竟你和他認識很久了嘛。」

大和切著豬肉什錦燒說：

「你和雪夜打從幼稚園開始就一直玩在一塊兒了吧？」

「這座城鎮很狹小，人人都是兒時玩伴啦。」

「我來自東京，不是很清楚。」

「不過，最了解他的人是你啊，大和。雖然我也自認頗懂他，但——」

雅也灌了一大口水。

「如今想想他還真是個奇妙的傢伙。長了滿頭白髮，腦袋還很聰明。明明只有偶爾會來上學，卻完全跟得上課程進度。」

和雅也兩人獨處時，他經常會提到雪夜。

這點和凜虎互為對比。體格與體力都受到上天眷顧的棒球少年，一有機會就會回顧過世同學的生前點滴。

「不過凜虎可是讓他傷透了腦筋。」

雅也大口咀嚼著什錦燒說道：

「你大概不曉得吧，大和。」

「不，我知道。我聽過好多次了。」

「總之你聽我說。從聽說雪夜他妹妹要轉學過來那時起，班上同學都還滿起勁的。畢竟雪夜很受女孩子歡迎。」

「他是個帥哥嘛。」

「他可是王子殿下啊。不但頭髮一片雪白，而且腦筋好又成熟。」

「偶爾才來學校這點反倒很棒呢。」

「沒錯，那就是重點。你真的很懂耶，大和。」

雅也咯咯笑道：

「凜虎走進教室那時，我當真整個人都在發顫。感覺她整個人的存在都和我們大相逕庭，該說是居住的世界不同嗎？」

「氣氛會變得不一樣嘛。」

「對。但與其說改變，不如說凍結。教室真的一瞬間就變得鴉雀無聲了呢。」

大和能夠想像到那幅光景。

想必她很格格不入吧。青山凜虎這名少女，即使隔了一百公尺遠，依然引人注目。更何況，她還是在家裡有各種問題，個性處在最尖銳的時期搬過來的。就連習慣了雪夜這種特殊少年的班上同學們，鐵定也覺得凜虎的存在異常突兀吧。

「而後就發生了一場大騷動。」

雅也說。

「畢竟這裡是鄉下，我們又是小孩子，有罕見的人來自然會喧鬧，可是也就是這點不好。如今我明白，那時鬧得有點過火了。我對凜虎很抱歉……對你也是，大和。」

「對我也是？」

「這我也是現在才懂。該怎麼說，我害你得照顧一個麻煩的女人，花了好長一段時間才能夠像這樣和你一塊兒吃飯。真抱歉。」

不愧是中午最繁忙的時段，店裡門庭若市。也四處可見拿著導覽手冊的觀光客。

「我說啊，大和。」

雅也將什錦燒切成小塊。

「有件事我到現在還無法接受。」

「什麼事？」

「雪夜怎麼會死了呢？」

喀啦——

有新的客人拉開門走了進來。「不好意思，有兩個位子嗎？」「哇啊，店裡好小喔～」他們手上拿著導覽手冊，開心地坐在座位區的位子上。

「醫生一直有跟他說，他活不了幾年了。」

雅也毫不在意其他客人，以筷子翻攪著什錦燒。

「他住院的時間比待在學校久也是事實。不過啊，那陣子的雪夜感覺有快要死掉嗎？沒有吧？反倒是有生以來最有精神的時候了。你怎麼看，大和？你覺得雪夜會像那樣子猝死嗎？」

「不，我不覺得。」

「對吧。和他最要好的你都這麼想了。那樣很奇怪吧？」

「可是醫院和警方都沒有特別講什麼，只能說事情是一場偶然吧。」

「這我懂。但為何是『那個時候』？我強烈覺得那帶有什麼含意。」

雅也緊盯著大和瞧。

他初次停下了筷子。

「大和，你怎麼想？你認為雪夜為何會身亡？」

†

凜虎在轉學第一天引發騷動，被周遭孤立時，雪夜很痛心。

「要是我能陪在她身邊就好了。」

事後他這麼表示，當時雪夜的身體狀況特別差。他與大和是在晚春時分相遇的，非常勉強才得以出院。他似乎是掛心那個剛轉學過來的妹妹。

勉強自己的後果，就是讓雪夜再次生病，在醫院住了長達半年的時間。他與大和是在冬季時節重逢，那時凜虎終於和周遭打成一片了。

「真的很謝謝你在各方面照顧我妹妹。」

雪夜不斷對他道謝。

同時也這麼說：

「其實應該由我來照顧她才對。」

大和記得，這句話透露出真實感。

青山家的狀況很複雜。母親身體孱弱，父親為了盡量替母親的健康著想而入贅，後來在郡上八幡定居，這成了麻煩的由來。

父親出身東京屈指可數的名門，而且還是獨生子。將失去繼承人的這場婚姻不可能受到歡迎，承受劇烈反對後，結果父親便以和私奔無異的方式捨棄了老家。這在婚後依然造成了影響，他們倆夫婦過得絕對算不上平穩。

儘管如此，在凜虎和雪夜出生前都還好。從產後母親的健康急轉直下，數年後辭世之時，走向就變了。在大人各異的苦衷交錯之下，結果父親不得不回到東京去。他將體弱多病的兒子留在妻子娘家，僅帶著女兒回去。

大和也沒有聽聞詳情。

但是他知道凜虎和雪夜的分開，大致有這樣的緣由。

「藤澤？」

午後——

約在青山醫院前碰面的凜虎，一看到大和的臉龐便開口詢問。

「發生什麼事？」

「不，沒什麼。我剛剛和雅也去吃飯了。」

「就這樣？」

「還有，我也見了 Maria 老師。她今天釣魚大豐收。」

「其他呢？」

「沒啥特別的。」

「這樣啊……」

她直視著大和雙眼。

凜虎雖然口拙但很敏銳，無法輕易瞞混過去。大和剩下的手段只有明顯地扯開話題。

「青山，關於昨天的事……」

「嗯，我們邊走邊說吧。」

不曉得是否大和轉移話題的方式合宜，凜虎並未繼續深究。

凜虎率先走在喧囂的鎮上，大和跟在她的半步後方。

「藤澤你得習慣那一頭的世界才行。」

她今天也是神采奕奕地邁步而行。一頭黑髮滑順地搖曳。

大和總是心想「她的儀態真像一幅畫」。大概不論到哪一座城鎮去，這名少女都會像是量身打造般和風景融為一體吧。鶴立雞群的特色是不分地點的。

「此後還會再發生那樣的事情許多次。我有盡可能和你在一起的打算，但也不曉得能否隨時陪著你。所以你要習慣。」

「知道了，我會習慣的。」

「可是也要注意，不要太過習慣。」

「到底是哪邊啊？」

「一旦習慣過頭就回不來了。」

她輕描淡寫地說。

「我說過很多次，你已經死了。待在這一頭反倒不尋常，所以你得在兩頭之間巧妙取得平衡。」

「就算妳這麼說，我又該怎麼做？」

「不曉得。」

這句也說得雲淡風輕。

「和騎腳踏車一樣，沒辦法說明。你得靠自己想辦法才行。」

「妳啊，騎腳踏車一開始也會有人幫忙吧。劈頭就要我自己想辦法，我也……」

「但是你得習慣。因為你必須尋回的記憶，在另一頭的世界裡。」

「咦？狀況是這樣？」

「嗯，現在的你還不完全。你復活的時候，將許多事物遺忘在那裡了。比方像是記憶、生命，或是魂魄。你要將它們統統找回來，才會在真正的意義上復活。」

「……是嗎？」

「嗯。」

「這我可是初次聽說。」

「因為我現在才跟你說。」

凜虎點點頭，而後一臉歉疚地說：

「我告訴你的順序不太好嗎？」

「不，沒問題。我大致明白了。」

大和笑道：

「換言之就是那樣吧，因此我必須每天和妳在一起，對嗎？」

「嗯，這既是為了打造幫助你找回記憶的契機，萬一有危險我也得出面阻止。」

凜虎忽然停下了腳步。

她視線前方是這座城鎮的地標——郡上八幡城。

「是城堡。要爬上去看看嗎？」

沒辦法，只好爬了。畢竟這是座狹小的城鎮，一天就能走完主要景點。這幾天大和沒到過的地方，大概就只有城堡了。

兩人在滿是沙子的登山步道前進，不久便來到了山頂。

「喔，真是久違了。多久沒來了呢？」

「國中時我們爬過一次。是在三年前，我記得是十月的星期五。」

「真虧妳記得那麼清楚啊。」

「藤澤，要不要到城堡裡頭瞧瞧？」

「好啊。」

山頂還另當別論，城裡頭當真是許久沒進去過了。上次進去，是大和初次以觀光客身分造訪這座小鎮的時候。

兩人付了入館費，走進城堡裡。

城裡亦為介紹郡上八幡的歷史及相關物品的博物館。對於當地居民而言，反而是個幾乎無緣之處。「喔～真的假的？原來有這麼多？」「我也是初次見到。」因此兩人意外地起勁。所謂丈八燈台照遠不照近，愈是近在眼前的事物，愈出乎意料地無從得知。

「哎呀，感覺反而好新鮮呢。」

抵達了天守閣後，大和擦了擦汗水。

今天也很熱。積雨雲冉冉升起，藍天一望無際。眼下的街道襯著鬱鬱蒼蒼的群山為背景。

「雖然這麼說有點那個，一般根本不會到這種地方來嘛。哎呀，來了才知道這麼好玩，真的。」

「嗯，我也覺得。」

凜虎在一旁點頭同意。她撩起秀髮，一臉舒服地吹著風。她鮮少令情感溢於言表，不過這時嘴角卻罕見地掛著微笑。

「噯，青山。要不要玩軟糖巧克力？」

軟糖巧克力鳳梨——是個自古流傳下來的遊戲。

一般會利用樓梯進行。兩個人猜拳，贏的人在階梯上前進。若以石頭獲勝就是「軟糖」爬兩階，以剪刀獲勝就是「巧克力」爬六階，以布獲勝則是「鳳梨」爬三階，是這樣的規則（註2）。

「現在玩？在這裡？」

「是啊，難得嘛。」

「藤澤你……」

凜虎略微皺起了眉頭，那是她傻眼時的表情。

「有時會說些奇怪的話呢。」

「是嗎？」

「不過，好呀。來玩吧。」

兩人走出城堡。

戰爭的舞台是城山公園的階梯。

「剪刀石頭……」

「布。」

軟～糖。

巧～克～力。

他們踩著蹦蹦跳跳的腳步走下樓梯。由於兩人是已經老大不小的高中生了，觀光客們都對他們投以奇異的目光。

「青山。」

「什麼事？」

「我們來賭點什麼吧。」

「賭什麼？」

「什麼都行。」

「我想吃冰淇淋。」

「好，就賭那個。」

軟～糖。

註2：石頭的日文為グー，軟糖是グミ；剪刀是チョキ，巧克力是チョコレート；布是パー，鳳梨是パインアップル。

巧～克～力。

鳳～梨。

熱辣辣的日照，由頭髮流淌而下的汗水，不時吹拂而過的涼風。蟬鳴聲不絕於耳，白刃蜻蜓在兩人之間輕舞飛揚。

戰況相當激烈。

凜虎的個性很不服輸，一旦輸多了就會立刻火上心頭。可是她卻不善謀略，只要虛張聲勢便會輕易地上當。

「下一把我出布好了。好，我絕對要出布。」

「騙人，你剛剛也那麼說，結果出了剪刀。」

「不，這次是真的。真心不騙。」

「你不會騙我？」

「不會不會。」

經歷這樣的一番交談後，她便會一臉認真地煩惱起來。

其實大和相當清楚凜虎猜拳的習慣。原本就已經對大和有利了，她還會落入陷阱。一把決勝負暫且不提，若是長期戰的話，多半是大和能取勝。

「妳也差不多該放棄了吧？」

對決太過火熱，已經是傍晚時分了。

太陽即將西沉至山腳的另一頭，眼下的城鎮則為舞蹈的氣氛而匆匆忙忙的。上氣不接下氣的大和擦拭著額頭，而後朝凜虎揮揮手。她所在之處比大和還高了十幾階，這段差距經過了一個小時也未能彌平。

「真不甘心。」

凜虎坐在階梯上，她也氣喘吁吁的。濕漉漉的襯衣緊貼在她的肌膚上，髮絲也黏在臉頰上。簡直像是被雨淋過了一樣。

「為什麼老是我輸？」

「這是實力的差距。」

「真的嗎？」

凜虎一副無法接受的模樣，氣呼呼地鼓起臉頰。

這個時間人潮明顯減少了。這是因為城門已經關閉，客人前往今晚的舞會場地。

「哎呀，久久玩一次還真有意思。」

大和也當場癱坐了下來，抬頭望向凜虎說：

「偶爾玩玩這種遊戲也不錯呢，好像回到孩提時代一樣。」

「我很不甘心。」

「但我很高興。」

「不公平。」

「是輸的人不好。」

大和咯咯笑道：

「不過，真是太好了。」

「什麼？」

「要不是在這種情形下，我們根本不會玩這種遊戲嘛。該說是幸好沒白費碰巧像這樣子活著的狀態嗎？就是那種感覺。」

「嗯。」

凜虎似乎在十來階上頭稍微笑了笑。

「儘管不甘心，但我也覺得很棒。我玩得開心。」

「我啊……」

大和揉捏著疲憊的腿，同時說道：

「還不想死啊。該怎麼說，我還有好幾件心願未了。我想先將它們統統完成。」

「夕陽沉沒得像吊桶一樣快」這句話說得真妙。眨眼間黑暗就漸漸來臨了。

看不清楚別人面目的昏暗時刻。

兩個世界交錯的黃昏時分。

「青山，讓我問一件事情代替冰淇淋。」

大和再次昂首望向階梯上方。

他開口向逐漸融於黑暗中的少女詢問。

「雪夜為什麼會死掉？」

用不著雅也提醒。

那名少年虛幻又纖細，但卻擁有奇妙的魅力。大和一直都在最靠近他的地方過活。心臟衰竭？由於體弱多病，何時往生都不奇怪？愚蠢透頂。儘管未曾說出口，但大和一次也沒有接受這種「官方說法」。

雪夜為什麼會亡故呢？

為何他非得在那時，以那種方式辭世呢？

「警方表示沒有他殺的可能，驗屍結果也沒有任何發現。你們家是開醫院的，而妳外公是醫生。儘管如此，那件事卻在『毫無疑點』之下作結了。」

所有人都沉浸於悲痛中，為雪夜的猝死而哀悼。

而後傳出了一則流言。「會不會是凜虎殺害雪夜的？」這種不足為道，恐怕就連第一個說出來的人自己都不信的妄想。不用說，這則傳聞一下子就趨緩了——不過……

「妳對當時的事情隻字未提，我也什麼都沒問。妳之所以緘默不語，是因為有足夠的理由。不過，我八成是在害怕。我不願意去思考發生了什麼，雪夜又為何會撒手人寰。」

大和甩了甩衣襬，站了起來。

「從那之後過了兩年。我死過一次。我想，差不多該是面對的時候了。」

十來階樓梯的上頭。

凜虎坐在那兒不發一語。

「告訴我，青山。那時發生了什麼事？」

風兒沙沙地拂動著樹木。

凜虎眼睛眨都不眨地緊緊盯著大和看。

在昏暗的天色中，她的雙目看起來格外耀眼。

「……假如是真的，你會怎麼辦？」

好一會兒後，她開口說道。

她的表情一如往常地一本正經，時而帶了點平淡。

「倘若那則傳言為真——殺害哥哥的人是我的話，藤澤你會怎麼辦？」

第五話

青山雪夜究竟是什麼樣的人呢？

近來大和忽然會這麼想。

首先，他是朋友，其次是凜虎的哥哥，同時也是自稱魔女的 Maria 老師的學生。不論外表或內在都超凡脫俗的奇妙少年。

他內心有何種想法、過著怎樣的人生，又是為何身亡的呢？

「這個啊，大和。你應該最清楚才是吧？」

長瀨雅也邊咬斷叉燒，邊指出這點。

「和雪夜最要好的人是你。我和他認識比較久，不過是你和他交情比較深厚。雖然你是從東京轉學過來的，但和雪夜莫名地意氣相投啊。」

他們倆正在吃午飯。

地點是在靠近鎮中心一家叫「松葉屋」的食堂。這是一家受當地居民愛戴的老店之一，主要的餐點有蕎麥麵、烏龍麵、中式拉麵等。

「還有啊，那個人……」

雅也吸著中式拉麵說：

「呃——叫什麼來著？呃——」

「什麼啊？」

「呃——對了，那個怪怪美女。」

「Maria 老師？」

「就是她！」

雅也用筷子指著大和說：

「那個人的名字很不好記嘛。該說是不會留下印象，或是會突然想不起來呢？」

「會嗎？沒這回事吧？」

「總之，會在 Maria 老師那邊出入的人，就只有你、雪夜、凜虎——」

雅也屈指計算著。

「這三個而已啊。你們三個也常混在一起，我不太清楚的狀況反而比較多。」

「不過啊，我和青山搬來這裡也不是那麼久以前的事情。打從出生就是雪夜兒時玩伴的人，最多就只有你了吧？」

「話是這麼說沒錯啦——啊，不好意思！」

雅也說著說著，便朝店內深處喊道：「我要追加一份南蠻雞蕎麥麵！」

「……你啊——」

大和傻眼地將手肘撐在桌上。

「你現在在吃中式拉麵吧？」

「是啊，我在吃。」

「在那之前還吃了烏龍麵對吧？大碗的。」

「是啊。」

吸吸吸吸——

雅也使勁吸著麵條。大和則是擦拭著濺到桌上的湯汁。

今天是大和請客，邀約的人也是他。他知道隸屬健康系運動社團的雅也很能吃，不過沒想到竟然如此誇張。

「老實說啊——」

吸完麵條的雅也拿筷子戳著碗公說：

「雪夜過世的時候，我並沒有哭。」

中午時分的食堂相當繁忙。

平時悠閒的這家店，如今正是最賺錢的時候。店員們正四處點單，並送上餐點。

「我早知道他會早夭了。我心想『這天總算到來啦』，很平常地去參加了喪禮。但我無法接受。你也一樣不是嗎，大和？」

「嗯，是啊。」

「雖然認識很久，但我不甚了解他。自從他過世之後也兩年了。該怎麼說，我也差不多想讓許多事情告一段落了。」

食堂的電視正在播放午間新聞。

今天全國會是晴朗的好天氣，不過局部地區將會有陣雨發生。敬請各位觀眾多加留意暴雨和閃電。

「大和，我在想雪夜是不是自己尋短的。」

為您送上天婦羅烏龍麵～

店員為隔壁桌的客人端上餐點。

「……自己尋短？」

大和眉頭一皺。

「這是怎樣？你的意思是他自殺嗎？」

「是啊。」

「你怎麼會這麼想？」

「不曉得。」

雅也整個人茫茫然的樣子。他原本就不是會用腦筋思考的類型。

「不過，我隱隱約約這麼覺得。」

「什麼叫隱隱約約啊？在警方的調查之下，並沒有發現這樣的結果吧？」

「是沒有。」

「既然如此，你又為何這麼想？」

「就說隱約覺得了。」

面對不肯罷休的大和，雅也露出傷腦筋的表情。

「心臟衰竭——簡單說就是自然死亡對吧？這實在讓我心裡頭不踏實。當然，雪夜並非遭人殺害，這點警方也有打包票。而且他的遺容也很平靜。」

「警方也沒說是自殺。」

「喔，是啊。」

「那就不會是自殺了吧。」

「你別那麼生氣嘛。」

雅也向後仰，說：

「那只是我的直覺，並沒有任何根據。先前我也說過，總之我就是搞不太懂啊。所以才會像這樣在問你。」

「但也不可能是自殺。」

大和自覺到自己情緒不佳。

南蠻雞蕎麥麵送上來了。雅也將碗拉了過來。

「總之，我想讓自己能夠接受。照現況下去，我沒有辦法接受他死去的事實。這點你也一樣吧，大和？」

「話是沒錯……」

大和不得不退讓，雅也的意見一語中的。

「算了，那先暫且不提。」

雅也輕輕將雞肉拋進口中。

「換個話題，你今年要怎麼做？」

「什麼怎麼做？」

「舞蹈啦。你都沒在跳啊。」

雅也會如此追究是有理由的。

郡上八幡是舞蹈之鎮。這裡有個與眾不同的傳統活動。一旦到了夏天，他們便會在長達一個月的時間中夜夜跳著盂蘭盆舞，岐阜縣裡裡外外都有人衝著這點蜂擁而至。理所當然的，這個時節對八幡兒女也是特別的。學習多達十首的舞蹈曲目並加以表現出來的素養，對這一帶的人而言並不是什麼稀奇事。

轉學而來的大和，未曾好好學習過郡上舞。

「我很喜歡看就是了，像是〈春駒〉之類的。」

大和找著藉口。

「可是啊，要我跳舞總覺得綁手綁腳的，不是嗎？」

「哪裡會？」

「那可是盂蘭盆舞吧？對我來說門檻太高了，何況我是外地來的人。」

「你現在已經是這裡的人了吧。」

「不，可是啊，該怎麼說好，如果是更時尚一點的舞蹈，門檻就低多了。像是充滿感情的舞蹈之類。」

「說啥蠢話，郡上舞可是八幡的靈魂啊。換言之就是充滿感情的時尚舞蹈啦。」

「是這樣嗎？」

「總之你就認命下來跳啦。」

雅也氣勢十足地喝著南蠻雞蕎麥麵剩下的湯汁。

「就算你不肯，今年我也一定要讓你來跳。啊，不僅是你，還有凜虎也是。那傢伙也偶爾才跳一次，所以這是個好機會。放心吧，我會照顧你們的。」

「咦？真的要嗎？」

「啊，對了。今年就順便參加通宵狂舞吧，那可是連續四天的盂蘭盆節重頭戲。也快到雪夜的三回忌了，這正好能當作很棒的祖靈供養。好，就這麼辦。可以吧？」

†

「我覺得不錯。」

聽完前因後果，凜虎隨即點頭同意。

「我們來跳郡上舞吧。我認為不錯。」

「真的嗎？」

這回應令大和感到意外。凜虎不但拙於言辭，同時也很害羞。儘管她喜歡跳舞，卻從未在人前跳過。

「至今妳從來沒有跳過吧？」

「嗯，可是我今年要跳。」

這裡是流經八幡城牆腳下的小駄良川河畔，和名水百選中的宗祇水僅有咫尺之遙。此處是觀光中心，在這個夏季時分可以見到許多人們將腳泡進淺灘裡納涼。大和與凜虎今天也脫下了鞋子，享受著清流的觸感。

「這樣啊，青山妳要跳啊。」

大和搔抓著白色的腦袋瓜。

凜虎一臉認真地注視著他。

「你也要喔。」

「……真的假的啊？」

「嗯。」

「我很害羞耶。」

「可是藤澤，你不覺得這也是未了之事嗎？」

大和「唔……」地閉上了嘴。他被戳到痛處了。大和也和凜虎一樣，雖然加入舞群很害臊，不過喜歡就是喜歡。

尤其是通宵狂舞的四天當中，深夜接近早晨的時分。這個時間帶初來乍到的舞迷將會減少，只剩下當地所說的「舞痴」，很有看頭。所有人都打從心底享受著這一夜，不論打拍子或是舞步皆會漂亮地整齊劃一。大和確實有想試著加入他們看看的心情。

「我錯過了時機啦。」

唯有這件事，他的藉口特別多。

「要是一開始跟著跳就好了。我來到這裡幾年啦？已經五年了喔。怎麼說，為時已晚的感覺超強烈的。」

「這點我也一樣。」

「已經是八月了喔。距離盂蘭盆節沒多少時間了。」

「我們努力練習吧。」

她很積極。

青山凜虎的個性十分頑固。大和也知道，一旦她話說出口，就不會聽人勸。

「知道了，我跳。我跳就是。」

大和放棄得很快。

他做出舉手投降的動作，而後仰躺在地，說：

「若是平時，我和妳兩個人一起眺望舞蹈才是正常狀況呢。一邊吃著章魚燒，一邊看其他人跳舞。」

「嗯，這我也滿喜歡的。」

「是吧。」

舞會中的壁花。

穿著浴衣獨自佇立在那兒的凜虎，不可思議地很有模有樣。她很適合那樣的畫面，大和也覺得站在她身旁的自己顯得有些特別。這是他並未加入舞群中的一個祕密理由。

「哥哥他也喜歡舞蹈。」

凜虎用腳玩著淺灘的石頭說道。

「他總是在問『凜虎妳不跳嗎』，而我老是不願意而不去跳。這一直是我心中的遺憾。」

「嗯。」

大和也把玩著淺灘的石頭。

「雪夜他很喜歡舞蹈呢。即使是身體不舒服而住院，唯有跳舞的時候他會說些任性話而跑出來看。」

「嗯，他也曾坐輪椅看過。」

「有耶有耶。」

「事到如今這也只是個形式，並不能真的給哥哥看到。不過，今年我想要親自下場跳舞。如果你願意陪我，我會很開心。」

「這樣啊。若是有這樣的緣由，我可以。」

大和附和著凜虎，同時歪過腦袋想——

雪夜確實喜歡舞蹈。儘管為了照護身體而並未參加，但他一副莫名耀眼地凝視著舞群的那張

側臉，大和如今也能鮮明地回想起來。

不過，正因如此，凜虎是否在躲避這個話題呢？縱使不願意，郡上舞仍然會讓她聯想到雪夜的死。他也正好是在這個時期死去。

「噯，青山。」

「什麼事？」

「妳最近變了呢。」

「嗯。」

隨處可見一家大小跑來玩水。

這個地點很棒。水質無話可說，而且水深很淺，不用擔心溺水。

「我可能變了。從你眼中看來也是如此嗎？」

「對。應該說，這陣子發生了很多事嘛。」

大和的死、喪失的記憶。

Maria 老師是魔女，凜虎則是魔女的弟子。

踏入了「另一頭的世界」，大和的時限每天都一點一滴地慢慢逼近。

「昨天我沒能問個清楚……」

大和將手邊的石頭扔向河裡，同時問道：

「妳說殺害了雪夜是什麼意思？」

「……」

這種時候，凜虎會收起臉上的表情。

不過大和與她認識很久了。眨也不眨的眼睛、微微搖晃的長長睫毛、稍稍使勁緊閉的嘴巴，這些動作勝過千言萬語。

「屆時你就會全部明白了。」

凜虎以壓抑情感的聲音平淡以告。

「不久的將來你便會明白，所以再陪我一下吧。」

「好。」

大和立刻回答。

既然凜虎這麼說，表示就是那麼回事吧。她不會說謊，也說不了謊。不然她應該可以活得更機靈才是。

†

大和是在五年前的七月，小五時轉學過來的。

學校馬上就要放暑假了。和長瀨雅也口中的「麻煩女人」之間的重逢，一直拖到了結業式前一週。

「嗨——」

他們是在上學途中遇到，由大和主動出聲打招呼的。這並非偶然。大和有聽說請假一陣子的凜虎，會在今天回到學校。

「好久不見～妳過得好嗎？」

「！」

凜虎似乎嚇到了，看來她還不曉得大和轉學過來一事。她睜大了雙眼停下腳步，試圖想開口說些什麼——卻又立刻邁步而出。

「原來臉被踹過的人不只是我呢。」

大和與低著頭向前走的凜虎幾乎並肩而行，而後旋即開口捉弄她。

「……」

凜虎滿臉通紅，紅得幾乎跟她背上的書包一樣。

「那時……」

她加快腳步的同時，說：

「那時真對不起，是我的錯。」

「不，事情已經過去了。別在意啦。」

這裡是上學時間的通學道路。

上至學長姊下至學弟妹，所有人毫無隔閡要好地一起生活。這是座狹小的城鎮，因此各個學年也只有一個班級。雖不到人人都是朋友的地步，不過幾乎都有打過照面。

在這當中，唯有凜虎與大和顯得有些格格不入。

「雪夜他怎麼樣了？」

「還在住院。狀況不太好。」

「還沒有辦法上學啊。」

「嗯，我想這陣子應該很困難。」

凜虎低垂著頭，一副消沉的模樣。

大和只回了一句「這樣啊」。

「為什麼？」

凜虎凝視著腳尖問道。

「你為什麼會在這裡？」

「嗯？我轉學過來了。」

「這我看也知道。」

「也是呢。」

大和笑道：

「該怎麼說，我家還滿奇怪的。不管是爸爸或媽媽都一樣。他們忽然就決定要搬家了。我家還有個妹妹，她當真氣到嚎啕大哭了。」

「有這麼突然？」

「真的很突然。手續全都辦好之後，他們才跟我們說要搬家了。」

「……這樣連我都會生氣。」

凜虎蹙起眉頭。大和笑道：「就是說啊。」

這時，有群人映入了大和的視線一角。他們是背著黑色書包的小孩子，長瀨雅也位居其中心，他看到大和與凜虎在一起似乎也吃了一驚。和他走在一起的人也幾乎同時發現了大和他們。他們皺起臉，交頭接耳地說著悄悄話。

「我覺得……」

凜虎說：

「你不要太常待在我身邊比較好。」

「為什麼？」

「……」

凜虎並沒有回答。

當然，大和也是知情才裝傻的。而後他轉移話題，說：

「感覺這座小鎮很不錯耶。」

他眺望著聳立於山頂的八幡城。

「該說莫名地安詳，還是感覺懷念呢？所以即使忽然決定要搬家，我也沒有那麼生氣。而且打從一開始就有認識的人在這裡，心情也輕鬆。」

「……你真是堅強。」

「是嗎？」

「我不像你那麼堅強。」

「那我們來當好朋友吧。」

「好朋友？」

她好像還搞不懂的樣子。

大和伸出了拳頭，說：

「怎麼說，我們倆都才剛轉學過來，有些事情會不太順利吧？不過兩個人在一起或許就能迎刃而解。」

「兩個人在一起……？」

「就是這樣，請多指教。總之，我還不是很清楚這裡的事情。拜託妳四處幫我介紹一下吧。之後我們再來思考今後該怎麼做。應該說，求求妳就這麼做吧。我也才初來乍到，怎麼說還是有點畏怯呢。那就拜託嘍，好嗎？」

「……知道了，我會盡量加油。」

凜虎顯得有些靦腆。

大和事後才知道，這時的事情對青山凜虎而言相當重大。她孤立得比大和想像中還要嚴重。大和幾乎不了解青山家複雜的內情，以及她搬到郡上八幡前置身於多麼艱辛的環境當中。

†

青山凜虎的個性很認真。

而且她的話語沒有保留。也就是說，既然她說要「練習跳舞」，便會全力以赴。

「就算是這樣……」

大和略顯傻眼地說：

「也不用特地換穿浴衣吧？這是練習耶。」

「不行。」

凜虎頑固地如此主張。

「舞動身體的方式會因衣服改變。不如說，既然要練習，當然就得換上正式打扮才行。」

「話是沒錯啦，但我連舞步都忘了耶。一開始穿輕鬆點也可以吧？」

「不行。」

兩人走在小鎮南方的川原町一帶。拗不過凜虎「這是為了練習跳舞」的強辯，大和現在做深藍色的浴衣打扮。大和舉起袖子，一副很不自在的模樣。

他不太會穿浴衣。在大和生長的環境當中，從未穿過這樣的服飾。大和總覺得莫名地害臊，也感覺根本不適合自己。

另一方面，凜虎則是很上相。淡青綠色的浴衣就像是量身訂做般合身，而她走起路來也是姿勢凜然。

「青山妳啊……」

「什麼？」

「真的很適合穿浴衣耶。」

「謝謝。」

凜虎稍稍羞澀了一下，說「因為我以前很常穿」。她有段被父親老家收養後嚴格教育的過去，和服反倒是她原本的模樣。

「對了。」

好難走。

每當木屐發出喀喀聲響，大和就差點往前撲倒。

「既然要認真練習，不如我們也找雅也過來吧？這原本就是他起的頭，而且他也很會跳。」

「不要緊，不用擔心。」

「是嗎？我覺得他在比較好耶。」

「今天他不在比較好。因為我們要到那個地方去。」

「……」

大和緘默了下來。他猜不透凜虎的真正想法。

兩人繼續往南方前進，離開柏油路走進山路裡。那是一條溪邊的山徑，幾乎杳無人煙。

他們正前往「祕密地點」。

「我好久沒來了耶。」

撥開草木的大和，盡可能佯裝平靜地喃喃說道。

「我也是。」

前進的凜虎表示同意。沿著臉頰流淌下來的汗水，八成不是炎熱所導致。

他們倆現在要去的地方，就是大和與雪夜初次相遇，臉上吃了凜虎一腳之處。雪夜也正是在那兒斷氣的。

「如今我說得出口了。」

凜虎擦著汗，說：

「這裡不是普通人能夠來到的地方。」

「這是怎樣？什麼意思？」

「就是話中的意思。尋常人等無法來到這裡。偶爾會有例外。」

大概是接收到大和「聽不懂啦」的氣氛，凜虎接著說道：

「尋常與不尋常的交界線。用超草率的方式說明，就是所謂的結界。」

「不，抱歉。我還是聽不懂。」

「我一直都覺得很不可思議，哥哥也這麼覺得。」

凜虎臉上掛著一如話語的表情，望向大和。

「你和我們初次碰面時，是怎麼來到這裡的？」

「呃，就很正常地走過來。」

「一般是沒有辦法到這裡來的。」

凜虎一字一句細說分明的口吻，簡直就像是解釋給小孩子聽一樣。大和只能回答說「就算妳這麼說，我也……」，而凜虎則是歪著頭說「真的搞不懂」。

「不過，如今就能明白了。」

兩人來到河灘。

山路差不多要走完了。離目的地不遠了。

「你並不尋常。」

「喔……」

「嗯，我懂了。就是這麼回事。可是，這又是為什麼？」

「……我說啊，青山。妳講話總是不夠清楚。」

「抱歉，因為我也搞不太懂。」

好像在進行禪修問答一樣。

話雖如此，青山凜虎是魔女的學生。無法理解奇人異士口中的話語，反倒是理所當然的吧。

（魔女——Maria 老師啊。）

思緒在大和的腦中連接起來。

Maria 老師、雪夜、凜虎，如今還有大和自己，大家都一腳踏進了不尋常的另一頭去。回想起來，還真是走了相當漫長一段路。直到不久前，藤澤大和都還覺得自己是個極其正常的高中生，過著大致平穩的人生。

（……嗯？）

大和感到不太對勁。

這股突兀感是怎樣？就好像明明考前拚命用功過，卻在作答的瞬間想不起來的那種焦躁感。

（我是不是忘了什麼？）

事實上，他的確忘記了。他現在正失憶，自然是忘掉了。追根究柢，取回失去的記憶便是當前最重要的課題。可是並非如此，感覺自己好像迷失了某種更根本的東西。此種錯覺一瞬間閃過大和的腦海裡。

自己所失去的、所遺忘的……

當真只有記憶嗎？

「藤澤？」

「咦？什麼？」

「我們到了。」

他們確實到了。

踏進山路深處的「那個地方」。

小河畔及鬱鬱蒼蒼的森林，忽然變成充滿小石頭的開闊河灘。陽光從枝枒間灑落，令長滿青苔的岩石鮮明地浮現出來。潺潺流水聲平穩無比，光是站在這裡都會覺得體內深處湧現出活力。

「……好久沒來了。」

大和半張著嘴環顧周遭，同時發出感嘆。

「這裡真是不得了的地方啊。」

好似會有精靈從天而降的祭壇——他腦中浮現出這樣的形容。原來如此，這裡的確不同凡響。「神域」這個詞正適合描述此處，真虧她能面不改色地待在這種地方。大和覺得自己如今像這樣站在這裡，會自然而然地繃緊神經。

「不過該怎麼說好……」

「我們倆要在這裡跳舞？」

大和半瞇著眼，說：

「嗯。」

凜虎正色答道。

兩人身穿浴衣，待在深山裡空無一物之處。既沒有屋形花車，也沒有長笛和太鼓。儘管黃昏的腳步慢慢接近，但天色還很亮。

「真是超現實耶。」

「是嗎？我反倒認為很恰當。」

凜虎費盡千辛萬苦地操作著智慧型手機，同時回答。不擅長使用文明利器的她，選擇的曲子是〈春駒〉。這是郡上舞的代表曲目。

「我們從這首開始跳可以嗎？記得你喜歡對吧？」

「喜歡是喜歡啦，不過……」

「那麼我示範給你看。你照著跳跳看。」

凜虎輕快地起舞。

她的舞步很熟練。雖然她因為害羞而不肯加入舞群，但畢竟是在這座小鎮出生的。郡上八幡的孩子們打從幼稚園起，便會學習跳舞作為基礎素養。

（而且她跳得還真棒啊。）

大和半是讚嘆、半是傻眼地佩服不已。平時凜虎應該沒有在跳舞才是，但她的示範卻厲害得亂七八糟。原來如此，這樣確實是不需要雅也過來。

「藤澤，你跳跳看。」

「好喔。」

大和有樣學樣地跳了起來。

舞步本身並不難。姑且不論跳得好不好，只要在一旁觀看便能掌握大致的流程。畢竟就連初來乍到的外國人也能加入舞者的行列，住在當地的大和豈有不會跳的道理。

照理說是這樣才對。

「藤澤，那裡不是那樣，是這樣。」

「咦？這樣？」

「不對，這樣。」

凜虎將音樂暫停下來示範給大和看，但他難以領會。做做樣子還行，不過一旦要練到登峰造極又另當別論了。在單純的動作當中也有各式各樣的訣竅，無論是哪種才藝都一樣。

而凜虎在這時似乎是以爐火純青為目標。

教學變成了無微不至的熱血指導。

（……臉靠得好近。）

他們倆的距離近到臉頰都快貼在一起了，聲音也是從耳畔傳來，老實說這讓大和心神不寧。

青山凜虎一旦決定要做，就會勇往直前。

個人指導密切地持續著。

四下無人之處這點在此發揮了功用。既然不會被任何人看到，要豁出去並不難。在凜虎的熱情引領之下，大和轉眼間便進步了。

將單純的動作做得更正確、更美麗。

不斷重複這樣的作業，令大和慢慢地渾然忘我。他的腦袋變得一片空白，最後進入了沉浸在其中的境界。

（這裡確實很適合也說不定。）

他忽然頓悟。

若要解釋凜虎的話語，這裡反倒該說是「那一頭」的領域。要展現兼作祭神用途的舞蹈，這裡是再好不過的地方。

（青山她在想什麼？）

雜念消失後，最大的疑問殘留在大和腦中。

她為何會帶自己到這裡來？如果目的僅是杳無人煙，那麼其他地方也可以才是。這塊土地並不適合穿著浴衣前往。

凜虎說過，要自己不准深究。

反過來說，就是有某些事情值得追究吧？

（青山，妳到底在想什麼啊？）

她說過，總有一天一切會昭然若揭。

這番話應該不假。就藏不住話這點，大和對凜虎抱持著絕對的信賴。既然她這麼說，那麼毫無疑問就是如此。

可是，這又是為何？

簡直像是刺進皮膚底下未拔除的棘刺，又像是跑進眼睛裡的細小灰塵。這股無以言喻的不安，究竟是從何而來的呢？

第六話

青山雪夜到底是什麼人？

（他是個怪人。）

從外表到言行舉止全都很奇怪。儘管因為他聰明又和藹所以不太顯眼，不過一旦稍微了解就會立刻明白。雪夜他是個典型的脫俗少年。

『空氣為什麼沒有顏色呢？』

比方說，他會講這樣的話，而後歪頭思考。

『哎呀，我知道是跟折射率什麼的有關啦。但我偶爾會心想，如果空氣不是這麼透明，而是染上了更鮮豔的顏色就好了。你覺得呢？』

雪夜只會對藤澤大和聊這些不著邊際，也沒什麼太大意義的事情。他似乎對外來者大和相當敞開心房。又或者，正因為大和是外地人，他才能如此輕鬆以對。

（……我和他打交道的方式很草率耶。）

大和皺起眉頭。

恐怕雪夜做好了一生一次的心理準備才是。他的人生就是一直被醫生告誡只有數年好活，不斷反覆住院和出院。他的一言一行，都帶有旁人所不能理解的重量，不是嗎？

是否太輕率了呢？

如今回想起來，大和對待雪夜的方式是不是太隨便了呢？

（不，沒那回事。）

那樣應該是對的。雪夜不希望人家跟他見外，大和那麼做就行了。

（不過……）

嘿——大和坐起身子，重新思考。

各種思緒如今浮現在他的腦中。凜虎自不用說，大和也一直避免自己去想。他們這兩年都過著遠離雪夜的生活，這也是無可奈何的，凜虎與大和並沒有成熟到能夠坦然接受身邊的人過世。

不。

當真如此嗎？

這兩名少年少女無法接受這段唐突且難以理解的死，這真的僅是一場隨處可見的平凡悲劇嗎？

†

如果想知道些什麼，去問深知內情的人最快。凜虎有事外出的這天，大和決定動身會晤一個懷念的人物。

「喔喔，是大和小弟啊。」

大和按下青山醫院貼著「因故暫時休診」這張紙條的門鈴後，青山仙太郎老先生便出來應門了。

「好久不見了啊。歡迎你，快進來、快進來。」

「不好意思。聽說您弄傷了腰，狀況還好嗎？」

「很好、很好，你別介意。快點進來吧。」

兩人自然地聊起了往事。

「你們從前很常打架啊。」

仙太郎老先生的心情絕佳。他與大和在客廳的矮腳圓桌相對而坐，並拿出了珍藏的燒酒，一手端著酒杯懷念過去。

「他叫什麼來著？長瀨家的——呃呃……雅也小弟是嗎？真的很常跟你還有凜虎打架啊。」

「就是啊，我們很常那樣呢。」

「根本幾乎每天都在打了。當時婆婆還活著，氣著要你們收斂一點。可是我啊，告訴她說『無所謂，就打到高興為止吧』。」

「是啊。我還三不五時就請爺爺幫我貼ＯＫ繃。」

「還因為用了太多消毒藥水，搞得不夠給其他患者用。那時我經常不知道該如何是好啊。」

「不好意思。」

「不不不，小孩子就是要有精神才好。不過啊，那陣子真的很忙，都在顧你們的傷勢而忽略了其他患者，完全賺不到錢啊。」

仙太郎雖如此笑道，不過這話實在是誇大了。他們並沒有天天拳腳相向，凜虎不會做人而發展的糾紛也根本沒有持續多久。以暑假發生的某件事為契機，轉學組和當地組之間的關係急遽地修復了。

「關於雪夜的事情……」

大和替老先生斟酒的同時問道。

「就爺爺來看，他是什麼樣的人呢？」

「嗯嗯……」

仙太郎搖晃著斟滿的酒杯，說：

「他是個善良的孩子。既溫柔又聰明……若是那孩子能健健康康地活著，一定能成就許多事情啊。我沒能給他任何幫助，都不知道是為什麼才當醫生的。」

「已經要兩年了呢。」

「我很感謝你，大和小弟。」

老先生稍稍換了個口氣說道。

「自從你來到八幡，雪夜就變得非常開朗。」

「是這樣嗎？」

「是啊。該說是湧現了活下去的動力嗎？那孩子是在十四歲的時候夭折的，倘若沒有你在，會更早撒手人寰。」

「不不不，沒這麼誇張……」

「我可是醫生啊，大和小弟。」

仙太郎咧嘴露出了白白的假牙。

「我自認最清楚雪夜的身體狀況了。既然我這麼說，那就不會錯。那孩子就算更早過世也不奇怪。直到你來到八幡之後，雪夜就變了。」

「如果要說活下去的動力……」

大和邊挖著西瓜籽邊說：

「有青山在不是嗎？雪夜一直很掛心妹妹的事情，還輪不到我啦。」

「凜虎她啊……」

老醫師搖搖頭，說：

「我很擔心那孩子，不曉得怎麼辦才好。」

「她沒問題的。至少她幫了我很多。」

「她既獨立，腦袋又好，但總是很笨拙啊。」

「我懂。」

「我來日不多了，希望能早點解決就好。」

「您也太心急了。」

「沒的事。我死後，那孩子就無處可去了。事已至此也沒辦法回到東京去，這邊的親戚也不多。你不會很擔心嗎？」

「嗯，是啦，確實有些地方會擔心。」

「她還會鑽牛角尖，發生了什麼事也不肯說。我實在無能為力。」

「是啊。她也有很多事情瞞著我。」

「不過能夠仰仗的只有你了。之後的事情就拜託你了。」

「我還是高中生喔。」

「說真的，如果她能夠再機靈點，就會有很多追求者了。你記得嗎，大和小弟？沒記錯的話，那是你們小學六年級的事情——」

仙太郎似乎喝醉了，講話愈來愈像個老人家。

雖然大和自認有著尋常的敬老精神，依然不禁充耳不聞，他忍不住全神貫注在挖出所有西瓜籽上面。因此，他差點漏聽老醫師過一陣子後才接續下去的話語。

「嗯，你只要活著就算賺到啦。畢竟你和雪夜一同捲進了意外，萬一你們倆都在那時死去，我可受不了啊。」

「……您在說什麼？」

「雪夜斷氣的時候，你也在陷入昏迷的情形下，和他一起被人發現啊。」

「……」

儘管並未說出口，「我不記得了」的表情還是寫在臉上。仙太郎老先生一臉「這也難怪」的模樣說：

「畢竟你在那件事前後發生了很多狀況，不記得也是無可厚非的。」

不。

那怎麼可能。

再怎麼說都不會這樣。倘若發生了如此重大的事件，不可能會忘記。

他忘掉了？

不對，是被迫遺忘了？

不，更重要的是，既然大和與雪夜是一起被發現的，那麼他不就也同樣是和事件相關的當事人嗎？他和雪夜一樣是被害人（？），所以或許沒有任何嫌疑就是……

「不過啊，雪夜很討厭你啊。」

果然是因為酒意所導致的嗎？

老醫師不顧緘默不語的大和，逕自繼續拋出震撼發言。

「喔……」

大和發出了愚蠢的聲音。

之後連忙說道：

「咦？雪夜他討厭我？」

「這樣啊，你果然沒發現。」

老先生皺起了紅通通的臉，說：

「雖然你很機靈，有些地方卻很遲鈍呢。」

「……」

老醫師替自己斟酒。大和望著燒酒，擠出聲音：

「不，可是……我覺得和他的交情好得亂七八糟耶。」

「你們的交情是很好。」

「我認為……我們倆是朋友。」

「那是當然。你是他最好的朋友，而且雪夜老是在稱讚你，說你是個很好很厲害的人。那孩子當真很中意你啊。」

「……」

面對推測不出話中含意的大和，老醫師露出慈祥和藹的笑容說道：

「既喜歡又討厭，這樣的事情要多少有多少吧？不論好壞你都相當耿直，所以才不會注意到這種地方。因此凜虎才會和你交好。」

咕嘟——

老先生將杯中物一飲而盡。

「這次的三回忌就多多拜託了。長瀨家的雅也小弟似乎也有幫忙打點許多事情，就辦得隆重一點吧。那樣子雪夜也會比較開心。」

†

雪夜的三回忌辦得肅穆又豪華。

同學們全體出席，附近鄰居也幾乎都來露臉了。許多列席者主動代替傷到腰的喪家處理事情。青山家是當地名門，而青山雪夜是鎮上無人不曉的知名人物。

「他沒有任何討人厭的地方啊。」

長瀨雅也在法會後的餐會上說道。

他大嚼特嚼著松花堂便當的炸雞塊，說：

「他善良得連蟲子也殺不了，總是笑臉迎人。所有事情都親切以對。」

「雪夜也不會說人壞話。」

其他同學出言緬懷，而後又有另一個同學說：

「我根本就沒看過他動怒的樣子。」

「是啊。感覺即使生氣，他也只會用溫和的口吻勸導。就像是在說『那樣我可不敢苟同喔』一樣。好像在聽老爺爺老奶奶說教，不知不覺間就會開口道歉了。」

「不過他也不是只有一本正經的地方啦。」

「是啊。像是我帶色情書刊過去的時候，他意外地興味盎然呢——」

快樂的時光一轉眼就過去了。

餐會順利閉幕，大人們準備前往續第三攤。他們大概會直接一口氣玩到深夜吧。

理所當然的，仙太郎老先生是參加那一團的。

雖然照道理來說，身為家屬的凜虎在這種場面應該也要去露個臉，但——

「好啦，大夥兒出發吧。」

雅也一聲令下，同學們便浩浩蕩蕩地結伴前往某個地方。

「喂，雅也。你們要上哪兒去啊？」

「別問這麼多了，來吧。」

他笑著對大和招招手。看來雅也似乎有安排，而其他人全都收到通知了。

「動作快點，不然我要丟下你嘍。」

在雅也的催促之下，大和最後也只能跟去了。

今天也是盛夏的好天氣。蟬鳴聲、觀光客、潺潺流水，鎮上這些景物彷彿百年不變、歷久不衰。而眾人就在這樣的狀況下聲勢浩大地前進，好似跟著哈梅爾吹笛人去的孩子們一樣。

「是要去哪裡呢？」

「不曉得。」

凜虎歪過了腦袋瓜，但她的臉上卻帶著笑意。這是知道些什麼的表情。

「好啦，大夥兒整隊！」

就在如此這般當中，隊伍停了下來。

大和有不好的預感。這個超過二十人的集團所佇足之處，是橫跨吉田川的新橋正中央。這裡是連接舊官廳和八幡城的交通要道。

同時——

也是「跳水」的名勝。

「呃～那麼——」

雅也在集團前方高喊道：

「難得我們大家這樣聚在一起。兼作娛樂和追悼青山雪夜，大夥兒一同跳水吧！」

什麼？

大和扭曲著嘴唇。這是什麼狀況？都沒人和他提過。

這時已經有好幾個人當場褪下了衣物，毫不猶豫。他們俐落地脫著上衣和褲子，底下準備周到地穿好了泳裝。

（雅也，你這混蛋。）

大和瞪向率先脫衣的朋友。雖然他們的目光並未對上，但對方鐵定有注意到，證據就是他嘴角帶著奸笑。當然，也有同學並未脫衣。縱然生於郡上八幡，卻也不是所有人都要跳水。女生很少人要跳，而男生也有人不跳的。

話雖如此——

「青山。」

「什麼？」

「妳早知道了？」

「嗯。」

沒有擺出一副大模大樣的態度還算好，但也不是老實承認就會被原諒吧。雖然她一臉雲淡風輕，不過眼睛卻漾著笑意。她的模樣強烈表達出「一切準備就緒」的意思。

這個走向……這股氣氛……

該死的，被設計了。

「那麼，我要跳嘍——！」

真是性急。

穿著海灘褲的雅也身輕如燕地跨過欄杆，非常輕鬆地朝著十幾公尺底下的河面一直線跳落。

咚——！

呀喝——！

水裡發出重物衝撞水團此種格外不祥的聲響，周遭則歡欣鼓譟。這時又有其他同學跳了下去。一個、兩個、三個。大和覺得他們根本瘋了，看上去等同於自殺。雖說有這麼多深諳水性的人不太會有什麼萬一，但這高度可比三層樓高的大廈啊。

「那樣很爽快喔。」

面對鐵青著臉窺探欄杆底下的大和，凜虎對他打包票。

「你試試看，很暢快的。我保證。」

「抱歉。我信任妳這個人，但唯有這番話相信不得。」

在這當中，又有人陸陸續續地跳了下去。

每當有人一躍而下，便會響起歡呼聲。那些同學從水面仰望著橋並揮手的身影，在大和眼中就像是從地獄向他招手的亡者。

「我剛開始也很害怕。」

凜虎為那些不要命的傢伙送上掌聲，同時以懷念的口吻說：

「第一次跳下去的時候，我是迫於情勢不得已。可是一旦嘗試後，便忽然覺得眼前一亮，好像看到了什麼嶄新的事物。所以我才想請你試試看，哪怕是一次也行。」

這時又接連有人縱身一躍。

「你最好捏著鼻子跳，水勢強勁地灌進鼻腔裡會嗆到的。還有，要讓腳先入水。另外，得確認你要跳下去的地方有沒有其他人在。」

「我不需要妳的指導。」

大和仍持續抵抗。

「追根究柢，是妳在我心中植入了多餘的心靈創傷耶。」

「對不起，那是我不好。」

「再說，我也沒穿泳衣。」

「我也沒有。」

「那可是河裡耶。沒穿泳衣是要怎麼跳啊？」

「當然是這樣子直接跳。」

嗯——凜虎伸了個懶腰，還稍稍做了伸展運動。

她的模樣清新脫俗，在陽光照射之下的側臉，朝氣蓬勃到神奇的地步。

「那我先跳了。」

輕盈地跳過欄杆的纖細四肢、漂亮的姿勢，以及輕舞飛揚的黑髮和裙子。那副光景就像是定格照片一般，深深烙印在大和腦中。

†

那是盛夏當中的一天。

五年前，大和與凜虎還是小五學生。

這個時期每天都會舉辦舞會，為城鎮注入最多的活力。

同學們及兩名轉學生之間的小小紛爭，也是在這時上演得最劇烈。被外來女生痛扁的那一方對她的印象奇差無比，而說到固執沒人能出凜虎其右。衝突可謂必然的結果。不過大鬧的主要是凜虎，大和的任務多半是專門調解，或評估見好就收的時機。

那麼，說到八幡兒女的夏天，便是到河邊玩水。他們雖然也會像其他地方的孩子一樣喜愛電玩和漫畫，但總之就是會到河邊去。

甩著釣竿、追著河底的川吻鰕虎、靈巧地在急流中游泳。河川便是一座渾然天成的主題樂園。

最受歡迎的，果然還是「跳水」了。

吉田川的河岸有著大大小小的岩岸，深淵也四處可見。換言之，跳水點不僅一處。由數十公分到數公尺，適合初學者及高手的點琳瑯滿目。

當中的學校橋和新橋，是給登峰造極之人跳水的難關。那裡距離水面高度有十幾公尺，陸續不斷有觀光客硬著頭皮挑戰而發生意外。

因此許多人立志「總有一天要從橋上跳下」，對八幡兒女來說，這是個不成文的憧憬，類似於高空彈跳般的民族儀式。儘管不用嘗試也能活下去，一旦跳了就會成為勇者。如同字面所述，一蹴可幾。

「莫名其妙耶。」

過去的大和也感到很錯愕。

「那是怎樣？想找死嗎？應該說跳下去到底有什麼意義啦？」

「嗯。」

凜虎也同意他的說法。

「我也覺得那個意義不明，究竟哪裡有趣了？」

「就是說啊，妳果然也這麼想呢。」

可能是因為他們同為天涯淪落人，也或許是在都會區生活久了才有這種感覺。總之他們倆的意見一致。

他們並不是討厭河川。

反而是喜歡才來的。由於能夠游泳的流域有限，他們自然會和對立的人打上照面，不過卻沒有掀起搶地盤的紛爭。儘管彼此保持著巧妙的距離，唯有在玩水的地方他們短暫地休兵了。和電玩及漫畫不同，夏天到河邊玩水不會被父母碎念，又是個絕佳的納涼去處，對孩子們而言這裡是個社交場合，亦為聖域。

總而言之——

這天人和也在炎熱的盛夏之中，和凜虎一同到河邊玩耍。

雖說是兩人結伴過來，但他們並非形影不離。有異於水肺潛水的潛伴制度，他們游泳的步調和速度都不同。狀況大概就像是：「我今天想去釣魚耶。」「那我潛到深處去看看。」「ＯＫ，那我們之後再隨意會合吧。」這樣。

大和決定來享受泛舟之樂。他坐在救生圈上搖來晃去，感覺好似一趟小小的船旅。

他委身於急流，安安穩穩地在翠綠的深潭流動，而後來到了新橋底下。

他雖然人生地不熟，但還是擁有相關知識。由於不曉得什麼時候會有人跳下來，游過橋下時必須注意。

跳水的人也十分清楚這點，當他們即將跨過欄杆之際，會有幾個人彼此示意來進行安全確認。大和放眼望去，看到橋上有好幾人穿著泳裝。他們全都是當地人，其中也混雜了幾個同學。

如今他可以斷定自己並沒有錯。一般而言那個狀況很安全，雖說這也是不成文的規定，不過確認安全的義務在於跳水的那一方。這麼多當地的孩子齊聚在一起，令他們也疏忽了警戒。大和極其自然地將身體交給溪流，鑽過橋下去。

接下來的事情是傳聞。

其實，當時凜虎也在橋上。

他並不曉得詳細情況，恐怕那僅是一場偶發性的遭遇。以長瀨雅也為首的同班同學們，似乎在商量著今天誰要跳、誰不跳。凜虎單單只是為了到對岸去而過橋罷了。

這是座狹小的城鎮。

他們彼此雖巧妙地保持距離，不過一旦拉近就另當別論了。即使凜虎沒有那個意思，對方可不一樣。有人開始糾纏凜虎。縱使想視而不見逕自通過，若是在橋上被包圍住，事情可就沒那麼容易善了。她似乎也沒有「一溜煙地逃跑」這種想法。打從兩人見面那時起，大和就從未看過凜虎逃逸的模樣。

對方和她講了幾句。

「最近很跩嘛妳。」「瞧不起我們是不是？」「給我放聰明一點。」

大概是這樣的內容吧。凜虎很不會說話。儘管目光如炬一步也不退縮，不過鐵定沒能好好回嘴。

接著不知是何因由——不對，正是在那個時期、那個地方、那個瞬間的關係吧，果然有人說出口了。「青山妳有種跳下去嗎？沒辦法吧？看吧，這傢伙沒膽啦。」

「如果雪夜很健康，他早就跳下去了吧。」

……青山凜虎既頑固又一板一眼。

換言之便是瞻前不顧後。

日後雅也供稱——她幾乎是面不改色倏地跨過了欄杆。無人出聲驚叫，因為根本沒有那種閒工夫。

那姿態真是美麗。

雖然令人火大，不過當真很漂亮，非常上相。她的動作好像鳥兒或鹿一樣極度柔軟……早知道就拍下來了。總之雅也看得入迷，整個人啞口無言。

大和可以想像。

想必凜虎一定很美麗吧。說起來，不論讓青山凜虎做什麼都很迷人。這種情形自不用說。

而從這裡大和也料想得到結果。凜虎平時就很魯莽蠻幹了，在這樣的狀況下根本不會把安全確認當一回事。當大和因某種預感而昂首仰望天空時，凜虎已經在無從閃避的時機之下，朝著他一直線落下了。

然而，並不光只有壞事。在那個瞬間從正下方往上望的人僅有大和。換句話說，他在記憶當中獨占了那個珍貴鏡頭，和臉上寫著「完蛋了」而面色鐵青的凜虎四目相對的人，也只有他一個。只是，事情不過短短零點幾秒，之後有好一陣子他的記憶都不復存在了。

在此簡潔地統整一下事後發展吧。

事態就此改變了。同學們對這個果斷過頭的轉學生感到錯愕，也覺得「這傢伙很不妙」而害怕。更重要的是，兩個同一國的人像是說好了似的發生意外，實在很滑稽。簡單說就是他們嚇傻了。事情變成這樣，紛爭也難以持續下去。儘管峰迴路轉，兩名轉學生漸漸和其他同學們進行和解，直至現今。

†

嘩啦——！

一陣格外高亢的水聲響起。那是華麗地在半空中飛舞的凜虎落水的聲音。

周遭響起掌聲。凜虎是第一個直接穿著衣服跳水的人，倘若大和只是個看熱鬧的，應該也會有相同反應吧。可惜的是他身處當事人那邊。

「大和——！」

有人喊了他的名字。

那是率先跳下水，現在早已上岸的長瀨雅也。他豎起大拇指，咧嘴露出一口白牙。喂，你在期待個什麼勁啊——大和很想這麼咒罵他，不過現在還有其他當務之急。橋上剩下來的跳水人選，看來只剩下大和一個了。他必須針對這個事實進行檢討。

喂喂喂，真的假的？

大和的嘴唇不住抽搐。

他將目光往其他地方瞄。

大和與浮在水面的凜虎對上眼了。

髮絲黏在臉頰上，身上的襯衣和裙子搖搖晃晃的她，抬頭緊盯著大和。

最後她進化到能夠後空翻的地步了。

初試啼聲後，凜虎便迷上了跳水。她在並未遭受任何人強迫的狀況下，幾乎每天都在嘗試空中翱翔，而後愈來愈厲害，甚至學會了月而空翻的技巧，敵對勢力似乎也無言以對。這可說是不知不覺間令氣氛轉化為和解的最主要原因吧，儼然如同少年漫畫的發展。就像是「妳很行嘛。」「你才是呢。」這樣。

如果當事人是大和的話，最起碼還稍微像樣一點。可惜的是，他到了現在依然雙腿發軟。

我害你得照顧一個麻煩的女人——雅也曾對他說過一句帶有此等含意的話語。

或許大和的確肩負起了照顧她的任務，但他究竟是否有幫上忙呢？不論是雅也或雪夜都說了同樣的話。「我很感謝你。」「都是託了你的福。」不過到頭來，凜虎是靠自己解決問題的，不是嗎？當然，就算大和跳了下去，情況也不曾有所改變。照理說他不需要為任何事自責，一輩子也沒跳過水的八幡兒女多如牛毛。

只不過，簡單地說，就是——

（哎呀，可惡——）

大和不得不承認，這確實是令他後悔的要素。僅讓凜虎一個人跳下水，自己並未嘗試一事，使他感到內疚。

避免自己留下未了的心願——這不就是如今像這樣獲得了緩衝時間，得以留在「這一頭」的大和該做的任務嗎？

他再次將視線轉向凜虎身上。

她筆直地昂首望著大和。

好啦，知道了。

妳從以前就是個讓人操心的傢伙。

察覺的時候，大和的手已經靠在欄杆上了。

左手、右腳，而後是全身，都輕飄飄地浮了起來。

喪失立足之處。異於尋常的重力。這就是所謂的人生跑馬燈嗎？時間彷彿靜止了一樣。好似棉花糖的積雨雲、彷如打翻油漆般的湛藍天空，以及翠綠的山河。大和視野一角，映照著八幡城的雪白樣貌——

（奇怪？）

跑馬燈？不，不是那樣的。不，反倒如此才對嗎？到底是怎樣？兩者皆非。這便是那個——大和至今為止嘗過無數次的獨特感覺。

兩個世界的交界線。

在這種時候？現在可是大白天耶！大和連如此思考的空檔都沒有，世界已超越了時間和空間。所有一切都交雜在一起。不，混雜其中的是大和才對嗎？追根究柢，這裡存在著所謂的「個體」嗎？顏色與外型都失去了其意義，究竟還會剩下些什麼？白髮人士和尋常人等早已不存在界線。這裡便是一切，此外什麼都不是。換句話說，那就是——

在其盡頭之物就是——

（雪夜？）

大和腦海中忽然浮現了朋友的名字。

不僅如此，他還感覺到早已身故的白髮少年就近在身邊。這並非譬喻。大和確實在咫尺之處感受到了近似肌膚觸感之物，甚至可稱之為呼吸。

啊，是這麼回事嗎？原來如此。

現在，在這個瞬間——

又或者是打從一開始——

青山雪夜便一直與藤澤大和長相左右。

（——唔喔！）

他突然被拉回現實了。

現實中的大和，正處在跨越欄杆的瞬間。

（咿！）

不僅是肉體，精神也被拉了回來。

真是奇妙的因果。才以為踏進了那一頭，結果在這一頭卻是朝地獄盡頭直奔。這樣的想法這次才成了跑馬燈。瀕臨危機的腦細胞會暫時活化，為尋求活下去的方法而搜尋過去經驗的現象。

話雖如此，大和並不會飛，無從處理這種狀況。若是能夠逆轉時間，他想要立刻躲到安全的地方去。他好想躺在空調涼爽的房間裡，還想吃冰淇淋。

啊，對了。

要捏起鼻子是吧？

不由分說的暴力衝擊襲向大和。

他反射性地閉上雙眼，隨後馬上張開。從水中仰望的那片光景，許多的泡泡，包覆著全身上下的水，熠熠生輝的水面。

「噗哈！」

整套行程不過短短數秒。

大和在河裡載浮載沉，明白自己結束了一場好似短暫卻又漫長的旅程。

「藤澤。」

有人向茫然自失的大和攀談，那是浮在河裡等著他的凜虎。大和覺得自己很久沒看到她了。

「你沒事吧？」

凜虎擔心地說：

「你跳水的方式很漂亮，我想沒有受傷就是。」

「……」

「藤澤？」

大和終於回過了神來。

他眨了眨眼。

緩緩環顧左右。雲朵、天空、山脈、岩石、小學校舍、方才跳落下來的橋梁。

大和皺起了臉龐。

「我的鼻子……」

「鼻子？」

「好嗆。」

「嗯。」

凜虎稍稍放鬆了眼神，說：

「這都是因為你沒有捏著鼻子。活該你不聽我的忠告。」

「嘖。」

大和咂了個嘴。誰有辦法在那種山窮水盡的狀況下，確實做好指認呼喚應答的同時遵守忠告啦。

「喔，大和！」

有道聲音從其他方向傳來。

是雅也。他和數名同學在岩岸列隊，為大和獻上掌聲和口哨。「你做得太好啦。」「那傢伙成功了啊。」

你們這些人給我記住。竟敢陰我，我絕對不原諒你們——大和對他們送上這樣的目光。總有一天他會紮紮實實地奉還，不過這先暫且不提。

「藤澤。」

總是正經八百的凜虎，露出比平時更加一板一眼的表情歪著頭。

「你有看到什麼嗎？」

「嗯，有啊。」

大和踩水浮在河裡，而後昂首環視天空。

「這真爽快耶。」

「對吧？」

就跟你說吧——大和感覺好像能聽到凜虎這樣的心聲。幸好這傢伙不善言辭啊——大和在心底暗罵著。倘若她像岩岸上的某長瀨一樣一臉奸笑，大和就會賞她一記彈額頭攻擊了。不然就是會抓著她的腳，將她拉進河底。不過凜虎比大和還熟悉水性，所以八成徒勞無功就是。

「對不起。」

可能是注意到了大和的表情，凜虎消沉地低下了頭。

「可是我想讓你看看。當我向雅也說無論如何都想讓你瞧瞧時，他便喜孜孜地參與了。如果要生氣，就對我——」

「妳欠我一次。」

啪——

結果大和還是彈了她的額頭。凜虎不知所措地按著額頭，而後一臉嚴肅地點點頭：「嗯，我知道了。」

她真是規矩。事已至此——這句話當真符合現在的情境——大和反倒很感謝她像這樣算計自己。這無疑是個寶貴的經驗，而若不是這樣的經過，他便無法下定決心。不過鼻子還是很嗆啦。

「藤澤？」

凜虎再次發出擔憂的聲音問道：

「你還好嗎？剛剛你跑到『另一頭』去了對吧？」

在奇怪的地方很敏銳的凜虎，似乎確實察覺了。

「喔，我沒事。先不說這個，我們倆都穿著衣服，趕快上岸吧。我現在實在想把這身衣服換掉啦。」

「你真的沒事？」

「就說沒事了啦。是說妳啊，內衣透出來了喔。」

「嗚……」

凜虎伸手抱著雙肩。

她以一臉「我明明就故意假裝沒發現了」的表情瞪向大和。

「好了，我們走吧。」

大和笑著往前游，同時悄悄鬆了口氣。幸虧凜虎沒有問他看到了什麼。假如她問起的話，大和沒有信心能完全掩藏內心動搖。

他所看到的並不光是雪夜的模樣。

抱著慷慨就義的決心跨過橋梁，一瞬間深深潛入了另一頭。在那個既無過去亦無未來的模糊世界中，大和掌握到了自己失去的一部分記憶。

他並不曉得前因後果，也不知道該怎麼解釋。「僅僅明白那是事實」這種掌握情報的方式令他很不舒服。大和確實了解到了。

這並非是他初次死亡。

這已經是第二次了。

第七話

我喜歡鳥兒。

青山雪夜曾如此靦腆地坦承此事。

因為牠們可以自由自在地飛往任何地方嘛，在半空中四處遨遊，真是令人羨慕。要是能變得像牠們一樣就好了。

「的確呢。」

Maria 老師搖晃著燒酒杯，表示同意。

他還是生而為鳥兒會比較好，如此一來必定可以過著幸福許多的日子。恐怕雪夜自己也是這麼想的吧。對這名內心美麗過頭的少年來說，這個世上想必讓他活得很痛苦。很遺憾，這世界並沒有辦法讓美麗的事物真正保持著純淨無瑕。

「你真的是個活得很辛苦的孩子呢。」

這裡是 Maria 老師的研究室。

她今天——應該說，她今天也大白天就在喝酒。「我沒有參加你的三回忌。」老師拿一升裝的酒瓶替自己續杯，同時自言自語。「與其說沒參加，不如說我提不起勁。所以我今天要來喝兩杯。要是不偶爾像這樣喝點小酒，魔女也撐不下去。」

她晃著杯子笑道。

假如弟子還活著，他會用那道溫柔的嗓音和笑容勸戒老師說「酒為穿腸毒藥」嗎？「多管閒事。」Maria 老師啐道。「倘若你還活著，我就不用喝成這樣了。」

外頭響起唧唧蟬鳴。

強烈的日照從敞開的緣廊照射而來，但 Maria 老師毫不在意。

「收你為徒是個錯誤。」

老師淺酌著燒酒，接著自言自語道：

「不，我早就知道了，畢竟這是反覆過無數次的自問自答。答案當然是NO。你理當成為我的弟子，而歸根究柢我便是為此來到這座城鎮的。過程很自然。這是魔女必須最珍惜的事物呢。」

老師大口喝著燒酒。

帶著濃濃酒臭味的呼息滿溢在房內。

「可是凜虎呢？收她為徒，對她來說真的好嗎——」

她的動機不純到了極點。

凜虎和註定如此的雪夜不同，是主動志願拜入魔女門下的。理由則是「我想更接近哥哥」以及「我也想呼喚鳥兒看看」。據說她看到大和動不動就吹捧「雪夜好厲害」，自己也想受他稱讚才會如此。

真是一段天真無邪的故事。

不用說，原本這個願望應該會吃到閉門羹。或許乾脆消去凜虎的記憶，讓她不再和魔女扯上關係比較好。

事態之所以未演變成如此，全都是因為凜虎的才能出類拔萃。

凜虎潛藏的才能釋放著耀眼光輝，令人不禁想看看她的才能開花結果後的模樣——甚至令應當遠離俗世的魔女抱有此種想法。

「這就是所謂的天生我才必有用嗎？」

Maria 老師再次灌了一口燒酒。

「目睹了此等志向和才能，根本不可能選擇放過她嘛。至少對當時的我而言是如此沒錯。儘管未臻化境，但凜虎身為魔女的能力果然日益茁壯。她即將登峰造極的程度，就算早已離開我身邊也不奇怪。」

真受不了——老師嘆了口氣。

而後老師凝望著半空中某處，說：

「噯，雪夜，你覺得呢？我錯了嗎？」

沒有人回應她說「才沒那回事」。

Maria 老師再度搖了搖頭，將剩下的燒酒一飲而盡。

†

「雪夜討厭大和？啊，是那樣啊。有跡可循。」

長瀨雅也隨即同意了。

「或許雪夜確實討厭你也說不定。這樣啊，原來如此。」

「你別自顧自地接受啦。」

「不，不光是我，凜虎應該也知道。對吧，凜虎？」

「不要問我。」

「喔喔，好可怕。別用那種眼神看我啦。」

雅也皺起臉龐向後仰。

他們三人正在一家叫作「丸光」的店裡。那是一家會提供炒麵、什錦燒、霜淇淋，甚至是車輪餅的當地點心鋪。現在是午後時分，今天也是個大晴天。

「雖然你這麼說……」

大和不悅地舔著霜淇淋問道。

「但他是討厭我哪一點？我沒有做錯任何事啊。大概啦。」

「天曉得，你問我也不知道。」

「你居然不曉得喔？」

「對。不過，我有感覺到那股氣氛。是叫作體感來著嗎？」

這座城鎮依舊狹小。

終於接近了涌宵狂舞的時期，整座鎮上莫名瀰漫著樂不思蜀的氣氛。大和今天在本町大道一帶遇見了雅也。凜虎雖然露出一臉嫌麻煩的表情，但這次卻拗不過他。「前陣子跳水那件事我們陰了大和對吧？我們來請他吃點東西作為賠罪吧。」聽雅也這麼說，她實在是難以拒絕。

「不過我努力地想了想啊——」

雅也蹙起眉頭，說：

「會不會是你們太過相近了呢？」

「就是所謂的同性相斥嗎？」

「天曉得。」

雅也揮了揮手。

「我不是雪夜，不清楚確切的狀況，可是他八成並不憎恨你，這點我可以肯定。他超欣賞你的。」

「但他討厭我吧？」

「人總是會有無論如何都討厭的東西嘛，這也是無可奈何的吧？像我到現在都還不敢吃青椒呢。」

「這並非那種層級的事情吧。」

「別生氣，你問他妹妹看看吧。噯，凜虎？」

「幹嘛？」

「我想問妳對這件事的看法。妳覺得雪夜討厭大和嗎？」

「無可奉告。」

「她這麼說呢。」

雅也將目標從炒麵轉移到了什錦燒上頭，而後聳了聳肩。大和無言以對。青山凜虎為人正直，這樣的她都說無可奉告，那麼便與肯定無異。

這樣啊。

事情是這樣啊。原來凜虎也發現了嗎？不用說，她是最為接近雪夜的人物。既然連她都這麼想，那就沒法子了。

「算了。」

雅也出言勸說：

「你別介意啊，沒有人是完美的。就算是雪夜，總也有一兩個不喜歡的東西嘛。這點小事你就承認吧。你們不是朋友嗎？」

「……雅也，你還真是成熟。」

「更重要的是跳舞啦，跳舞。」

話題轉變了。

「差不多要到盂蘭盆節的通宵狂舞啦。為了好好送雪夜一程，我們得賣力地熱熱鬧鬧跳一場才行啊。」

「你幾乎每個晚上都在跳吧？真虧你跳不膩耶。」

「這不是膩不膩，而是心情的問題。大和，你今年也會下場吧？我有聽說你在練習跳舞喔。」

「你怎麼會知道啊？」

「你穿著浴衣在外頭晃吧？這樣我當然知道啦。」

「……」

大和感到惱怒。

特地到祕密地點乃至於結界練習之處並未被別人瞧見。不過這裡畢竟是座狹小的城鎮，大和穿著浴衣外出的模樣被許多街坊鄰居看到了。

「總之今年就來跳一下吧。反正時刻愈接近早晨人也會變少，就算不願意也會碰上面。到時我們就一塊兒來吶喊吧，會很暢快的喔——啊，不好意思。麻煩結帳。」

雅也迅速地付完帳，站了起來。

「那我先走啦。你們倆就慢慢坐吧。還有大和啊，你今天變回東京腔了喔。」

語畢，雅也便回去了。

大和及凜虎只能默不作聲地目送他的背影。

†

大和也明白，他並不單單只是被討厭而已。

用不著他人點醒，他們倆之前確實有友誼存在。他們共享著許多事情、共度了諸多時光。他們對彼此來說都是特別的人。

當身體狀況好的時候，雪夜很喜歡到祕密地點去。儘管下雨或天冷的日子他被禁止外出，理由是對身體不好，但他依然常常溜出家門，每次都惹凜虎氣得七竅生煙。

他們兩個還有在下雪的日子一起玩耍過。

「我想打雪仗。」

白色結晶紛飛的那一天，雪夜這麼喃喃說道。

「我從來沒打過雪仗。大家都顧慮我，不肯跟我打。縱使願意也會手下留情，我認為那不是真正的雪仗。不能盡力互丟雪球，總感覺好寂寞。」

好啊，就包在我身上。

大和聽聞了雪夜的願望，將雪球砸在他身上。他也遭受了反擊。雖然身體孱弱，雪夜的運動神經卻不差。大和吃了好幾次感覺挺強勁的攻擊。結果他們倆都認真了起來，演變成一場拖泥帶水的醜陋爭執。

「你談過戀愛嗎？」

櫻花樹葉染上楓紅的秋日，雪夜正經地問道。

「我有喔。」

「真的假的？」大和嚇了一跳。「真的喔。」雪夜微笑道。「對象是誰？」大和很想知道。

「哎呀，那不重要。」雪夜打迷糊仗蒙混了過去。「快說啦。」「我不說。」「大和你談過戀愛嗎？」「天曉得，我哪知道。那種事情我不是很懂啊。」當時的大和當真一竅不通。

「凜虎就拜託你多多照顧了。」

杜鵑花綻放的春日，雪夜規規矩矩地低下了頭。

「那孩子喜歡你。」

大和沉默了好長一段時間才開口回答：「我還是國中生耶。」雪夜維持著沉穩的表情說：

「可是我已經沒幾年好活了，只能託付給你。」大和想像到他內心的糾葛，便無話可說了。

兩人之間曾經發生過這種事。

發生過許許多多的事。

這一連串的事情若不是友誼，那究竟會是什麼呢？

「你別放在心上。」

兩人用完餐離開「丸光」後，凜虎出言緩頰。

「哥哥非常喜歡你，這絕對是鐵錚錚的事實。」

「喔。嗯，謝謝妳的鼓勵啦。」

「這並非鼓勵，而是實話。」

「喔。」

大和漫不經心地撫摸著白髮。

笨拙的凜虎，自然也不擅長激勵人心。只不過，無論是由誰來說，大和心事重重的情緒都不會煙消雲散就是。

「我啊……」

大和亂抓著自己的白髮，說：

「根本對他一無所知。這點我無從否認。」

「我也有許多哥哥所不了解的地方。」

「不，該怎麼說，不是那個意思——」

大和搖搖頭。

「事態演變成如此我才終於稍稍了解，這點讓我很受打擊。但這也是我咎由自取。自從雪夜往生後，我都沒有好好思考過他的事情。」

郡上八幡今天也是個晴天——但偌大的雲層從山巒另一頭逐漸浮現而出，感覺好像會下一場雨。

「剛開始和他相遇時，我很興奮呢。」

大和眺望著天色而行，同時吐露道。

「這也難怪，因為他是青山雪夜啊。從外表到內在都不平凡。我有覺得會發生某種事情，實際上也發生了很多事。儘管麻煩一大堆，不過很開心。但他——雪夜又是怎麼想的呢？他平時總是掛著笑容，而且又是個不尋常的傢伙，所以我從來沒有留意過。不過，他同時也是個和我年齡相仿又隨處可見的傢伙吧。」

青山雪夜這名少年，從未出言發過牢騷。

可是他一定也覺得很鬱悶。周遭的人都會顧慮他，凜虎甚至擔心到了過度保護的地步。即使他對此心懷感謝並坦率地接受，心底某處應該也悶悶不樂吧。縱然有超脫凡塵之處，他依然是個不折不扣的人類，而且還是個心思細膩的十來歲少年。

如今回想起來——

雪夜的笑容當真是發自內心的嗎？

大和重新挖掘起記憶，感覺他會偶爾在不經意之下露出不一樣的表情。既像是悲傷難過，又像是在忍受著什麼似的。那張笑容好似就是為了隱藏那些表情一樣。就連對交情最好的大和，他也未曾將這份心情吐露過隻字片語吧。

「這種事……」

大和低聲呢喃，再次抓了抓白色的腦袋。

凜虎默默不語地凝視著他。

「憑我的智商搞不懂啦。」

即使是客套話，也不會說大和的腦袋轉得快。

他一天到晚被別人說遲鈍，而後反駁自己並不遲鈍，但實際上那已經不是遲鈍的程度了。他根本是個蠢上加蠢的大傻瓜，俗話說傻到不會抓癢的人。

如今才注意到的事情，竟有如此之多。

就連小孩子都明白光陰有限吧。

「啊……」

某種東西滴到了他的臉頰。

是雨水，下起午後陣雨了。天空轉眼間變得陰暗，雷鳴聲在遠處轟隆作響。才想說柏油路濡濕的氣味竄了上來，雨滴便嘩地開始敲打著地面。

唔哇，下雨啦。

呀啊——

觀光客們連忙找地方避雨。

大和與凜虎也走進了附近的屋簷下。

有如猛打太鼓的聲音敲擊著屋頂。匯集在排水管的水珠一眨眼間便化成了激流，嘩啦啦地流向水路而去。

「妳真的覺得我不會死嗎？」

大和直直盯著天色說道。

「說來丟人，但我果然覺得自己還不能死啊，該去做、該知道的事都太多了。但這樣下去我會死掉的，我感覺得出來。因為有很多東西慢慢融入另一頭的世界了。」

是的。

就在大和說出這番話的同時也是。

大和察覺到周圍的世界正逐漸改變。不對，這早已是改變過後的樣貌了。傾盆而下的大雨、轟鳴不斷的雷聲，以及混在仰望天空的觀光客裡頭的白髮人士——和方才的光景相連，不過這裡卻是另一個世界。大和與凜虎已是另一頭的居民了，周遭的人八成也看不到他們。

交界線變得模糊不清的最後，突兀感已不復存在。兩個世界若是混雜在一起，最後便會合而為一，這乃是世間法則。能夠冷靜地進行此種分析，這就是大和「接近」那一頭的鐵證。

「噯，妳真的覺得我不會死嗎？」

要是有鏡子的話，想必大和就笑出來了吧。

大和有所自覺，知道自己的表情極度消沉，是個事到如今才深深體會到事態重大的愚蠢表情。倘若看到這樣的臉，他必定會笑。他會指著那個回天乏術的傢伙捧腹大笑。

不過，凜虎並沒有笑。

「你不會死的。」

她旋即回答，毫無一絲迷惘。

她是個正經且頑固的女人。

頑固的女人是不會迷惘的。

「藤澤，你不會死的。今後也會好好活著做許多事，大概也能得到幸福。所以你儘管放心吧。」

「……為何妳能這麼篤定？」

「因為有我在。」

凜虎非常嚴肅。

看來她是當真這麼想。

「唔哇……」

大和又抓了抓頭。真是敗給她了。講得這麼直接，不就只能相信她了嗎？這樣不就無言以對了嗎？頹喪的臉龐不就會消失得無影無蹤了嗎？

「妳真帥氣耶。」

大和率直地發出感嘆。

「妳超有男子氣概的耶，青山。超了不起的。」

「並沒有，我只是實話實說。」

「就是這點了不起。」

「就說沒有了。」

「不，不對。妳就是了不起。我當真會迷上妳耶。」
大和認為，這一定是雨勢的魔法。
他們倆都弄濕了衣服，在屋簷下彼此依偎著。景色在驟雨的遮擋之下顯得模糊，四周的人聲難以聽見，更重要的是，他們都已踏入了那一頭的世界。在這個不尋常的狀況之中，大和脫口說出平時不會講的話語。
當然，他是帶著半開玩笑的意思說出口的。
然而他們彼此都和往常不一樣。
「咦？」
凜虎亂了方寸，不像她的個性。
「咦？」
見狀，大和的內心更是動搖。
嘩啦啦——
滂沱大雨下得愈來愈大。
兩人凝視著彼此。黑髮黏在凜虎的臉頰上。濡濕的襯衣透出底下肌膚的顏色。大和甚至不合時宜地心想：這傢伙的睫毛真長耶。
「我啊——」

這肯定也是魔法。

大和輕柔地說出異於平常的話來。

他清楚地一字一句說道，以免被雨聲蓋了過去。

「喜歡妳。」

「……」

這引發了連鎖反應。

接二連三的動搖、有如海浪般席捲而來的過載狀態。大和能夠清楚看見青山凜虎內心的景色，既像雪原、又似雲海。她的腦中應該變得一片空白了吧。

「為……」

她總算擠出了幾乎要被雨聲蓋過的微弱嗓音。

「為什麼現在要說這個？」

「的確呢。」

大和十分冷靜。

不，說是對自己很錯愕比較正確吧。

「為何會是現在呢？不如該說怎麼現在才講呢。可是不曉得為什麼，我就是說不出口嘛，總覺得這件事好像說不得。究竟是為什麼呢？」

「……」

「但我要說。我有種此時不說更待何時的感覺，所以我要說。我喜歡妳，青山。」

「……」

「妳別哭啦。」

「我才沒哭。」

凜虎用力地擦拭著眼角。

有人通過了他們眼前，還傳來了觀光客「用不著在這種時候下雨也行吧」的怨言。傾盆大雨下個不停。兩個世界的淡淡交界線，世界拋下了兩名少年少女逕自運轉著，簡直像是世上只有他們倆一樣。

「我好開心。」

凜虎說。

臉上掛著擦不乾的淚水。

她又哭又笑地說道：

「謝謝你，我真的很高興。」

（唉唉，真是的——）

大和好想咂嘴。

他心想：我到底是在幹什麼啊？早知道能看她露出這樣的笑容，速速跨出那一步就好了。無所謂的時候多到有剩，偏偏重要的時候總是不夠。時間真是太不方便了。

哎呀，慢慢放晴了——大和聽見了某人這麼低喃。

放眼一看，藍天已開始在山脊處露臉。厚重的雨雲四處透出了光芒，雨勢也逐漸停歇。與此同時，世界也聚攏了起來。淡淡的交界線清楚地連結起現實的模樣。

「雨停了。」

大和從屋簷底下伸出手。

「雨停了耶，青山。」

「嗯，雨停了。」

躲雨到此告一段落。

遠去的雷聲，柏油路急速乾燥下來的氣味，各處的蟬兒像是想起來似的鳴叫。

「統統告訴我吧。」

大和說。

「不用現在說也無妨，最近找個機會統統說給我聽吧。包含妳絕口不提的事、瞞著我的事，還有關於我失去的記憶，這些全都要告訴我。如果做得到，我們才能繼續向前邁進。我覺得那樣，自從雪夜過世後停滯至今的時間，才總算會開始運轉。」

「……不用現在說也可以嗎？」

「反正我問了妳也不會說吧。我們認識那麼久，這點小事我很清楚。再說，我們約好了不深究嘛。」

「你不會毀約吧。」

「那當然。」

「我也會遵守約定。」

大和像個孩子般挺起胸膛，凜虎見狀不禁噗哧一笑。

她仰望著天空說道。

凜虎的姿態非常清爽，和短暫陣雨停歇後的模樣極為相襯。

「所以不要緊的，你別擔心。」

「我知道了。既然妳都這麼說了，我會照做。」

「還有，藤澤。」

「嗯？」

「我也喜歡你。」

青山凜虎的個性很認真。

這時的她果然還是很一板一眼。她挺直了背脊，直接且毫無迷惘地說道。因此大和也端正了姿勢，正經八百地回了一句：「好喔。」

†

這是一場「終結的故事」。

大和、凜虎以及雪夜。

描寫兩年少年和一名少女由生至死，一場「絕對不會開始的故事」。

故事不久後便要告終——不，它打從一開始就結束了。

最後的一天即將揭開序幕。

第八話

郡上八幡最群情激昂的日子到來了。

†

「至今受您照顧了。」

青山凜虎深深低下了頭。

她在榻榻米上跪坐並將雙手併攏著。凜虎行的這個禮相當完美，好似分毫不差地映照出她的人生一樣。

「嗯。」

Maria 老師簡短地回應後，喝著麥茶。

這裡是改裝古民宅而成的研究室。現在雖是太陽總算剛升起的清晨時分，凜虎卻體察到鎮上的氣氛極度紛擾。這是因為今天是盂蘭盆節最後一天，換言之，也是郡上舞的重頭戲——通宵狂舞的最後一天。

「我喜歡這種氣氛。」

Maria 老師喝著玻璃杯中的麥茶，望向庭院。

「這就是喜慶之日的氛圍嗎？從七月開始就跳個不停，該說是好戲要再次上演嗎？抑或是喜上加喜呢？」

「是。」

「我定居在這座城鎮的理由之一，果然還是這個呢。魔女不應該太常和俗世扯上關係，但這裡仍然會讓人想定下來。」

「是。」

「總之妳先抬起頭來吧，凜虎。那樣害得我好不自在。」

「是。」

凜虎老實地照做了。

她保持著跪坐的姿勢，清澈的眼瞳筆直地望向老師。

Maria 老師心想：這孩子打從以前就是這樣呢。總是正襟危坐。那份毫無猶疑的態度，甚至能從她每一根手指、每一縷髮絲中感受到。凜虎正是人如其名的典型，威風凜凜，有如老虎般強悍。

「凜虎，我果然還是很後悔，很多事情都是。」

「是。」

「我應該只跟雪夜建立關係才對。知曉他的存在後，一直到成為引導他的人這邊都還算好。對超脫人類常軌之輩伸出援手，是魔女的義務和責任。」

「是。」

「不像平時的自己，湧現了慈悲心腸是我的錯。第一次就算了，第二次就……不禁被情感牽著走了，被那個淚眼汪汪地懇求著我協助的妳。看到妳對我哭得一把鼻涕一把眼淚，就讓我忍不住了。正因為我知道平時的妳是什麼模樣。」

「是。」

「唉，總之妳已經是個獨當一面的魔女了。之後隨妳高興吧。」

「是。」

「還有，今天我也會下場跳舞。偶爾這樣也不壞吧——啊，放心，我不會牽扯到你們的。」

「好的，請您務必蒞臨。」

「把麥茶喝一喝吧，都要溫掉了。」

「那我不客氣了。」

這件事凜虎也聽話照做了。

凜虎喝茶的動作相當奇妙，既像是茶道，雙肩卻又放鬆了力道。Maria 老師心想：她真是個上相的孩子。這點同樣和從前無異。

「不過啊……」

老師維持著臉上的微笑，喃喃說道：

「我又要失去一個弟子了呢。」

「……」

這次凜虎沒有回應。

凜虎和 Maria 老師都望著庭院，不發一語。

†

藤澤大和覺得，今天從一大早就很特別。

吃完早飯後，立刻出門打工。徹夜舞動的店長呼呼大睡，而大和雖已連續上了四天班，不過正因如此才感覺得到，最後一天和往常明顯不同。

首先進貨量就不一樣。袋裝的冷藏香魚不曉得究竟有幾十包，而在這裡的僅是冰山一角。得開卡車才運送得了的庫存，才剛送到內場的冰箱裡頭。店裡還會賣冰得透心涼的啤酒及水果酒，這也是以打為單位堆得老高。店長可能覺得事前準備功夫做得很足，但這樣都不曉得來不來得及冷藏。

客人的數量也不同以往。大和一升起炭火，客人便在門口張望了。明明招牌都還沒擺出來呢。大和卯足全力揮著圓扇生火，拚命烤著香魚。接著很奇妙的，受到油脂焦香味吸引的客人接踵而來了。重複一次，招牌尚未擺出來。順帶一提，現在連中午都還沒到。這份充滿活力的氣氛實為筆墨難以形容。

（今天當真不一樣耶。）

大和擦拭著汗水，重新打起精神。

有種說法叫作「沒來由的預兆」，看來異於往常的情況是會散播的。今天鎮上充滿活力及人群。就連熱辣辣的陽光，都令大和覺得似乎要比平時來得炙熱。

（哎呀，今天真的不同以往。）

再重複一次，現在仍是上午時分。

然而人潮卻多得驚人。有八幡兒女、觀光客，以及白髮人士。

（嗯，真的。）

傷腦筋啊——大和再次擦拭著汗水。兩個世界從今天一大早就維持在交會的狀況之下，之前從未像這樣直接聯繫著。一旦鬆懈下來，大和將會分不清楚自己站在哪個世界裡。

今天很特別。

一切肯定都會在今天劃下句點。

「喔，大和。你真賣力耶。」

正當大和辛勤地流著汗水工作時，長瀨雅也到店裡來閒逛了。

「……你還真耐操。」

大和拆著罐裝啤酒的紙箱，同時感到傻眼。

「你昨天也跳了一整晚吧？」

「是啊，我跳了。」

「前天和大前天晚上也都熬夜吧？」

「是啊，我全勤呢。」

但他今天依然做浴衣打扮。現在明明還不到中午。

「感覺你今天也很忙耶，大和。我來幫忙吧？」

「真的嗎？感謝你。青山還沒過來，我總覺得備料工作一輩子也做不完啊。」

他們倆開始馬不停蹄地工作。

插起香魚，排在鐵網上烤，然後賣給客人收取費用，接著再重複相同的動作。這次則是有客人來買啤酒和水果酒了。

「喂，感覺今天怎麼像晚上一樣忙啊？」

「就是因為這樣，所以備料備不完呢。相對的打工薪水會和營業額等比例增加，你也鼓起幹勁來做吧。我會告訴店長發你一份薪水的。」

「真的嗎？既然這樣就包在我身上吧。歡迎光臨！」

話說回來，今天真的很特別。

與其說小鎮，不如說是都市的氣氛了。周遭滿溢著有如都會般的人山人海，充斥著幾近喧囂的氛圍。

「昨天應該沒有這麼忙吧？」

「因為今天是最後一天啊。不過客人真的很多耶，應該說，感覺氛圍不太一樣。究竟是怎麼回事呢？」

雅也果然也這麼想嗎？

這麼一來，這份感覺就是確切無疑的了——大和如此篤定。不，沒有什麼篤不篤定的，狀況從剛才開始就一直很奇怪。大白天現身的白髮人士、好似海市蜃樓般四處搖曳的交界線、大和翻轉香魚串的手偶爾會變得透明。不過雅也並沒有察覺，事到如今大和也不會高聲驚呼了。

「話說回來啊——」

這也是與眾不同的證明嗎？

雅也抓住了客人暫且沒上門的一瞬間空檔，突如其來地說道：

「你有辦法呼喚鳥兒了嗎？」

「啊？」

大和的手停了下來。

他驚訝地眨著眼睛，說：

「什麼意思？你在說什麼？」

「呃，前些日子不是舉行了雪夜的三回忌嗎？我就忽地想起了往事。」

雅也繼續插著香魚，同時說道：

「這已經是很久之前的事了。以前你跟我說過，當你轉學過來時，雪夜呼喚了鳥兒對吧？有一陣子你就莫名地熱衷，絞盡腦汁想著該怎麼做才能那樣子聚集鳥兒啊。」

「……」

大和不記得了。

這什麼狀況？雅也是不是記錯了？

雅也似乎只是隨口聊聊忽然想到的事情，他孜孜不倦地工作著的同時，說：

「雪夜出院後，你偶爾也會問說『那是怎麼辦到的？拜託你教教我』。」

「……那雪夜怎麼說？」

「呃，我不記得了。大概是隨便含混帶過了吧。說什麼『到時候再說』或『下次再說』之類的。可是，不知道從何時開始，你對這件事就絕口不提了。所以我也忘掉了。你都不記得了嗎？」

「不記得，我忘了。」

「什麼啊，白聊了一場。」

雅也笑了出來後又開始有客人上門，話題就此打住。

然而，大和可不一樣。他總覺得有些事情想不透。他在和客人交談及持續備料的同時，自覺到內心湧現出一股無可言喻的不安。

這是怎樣？

這股討厭的感覺是什麼東西？

欠缺的記憶。體驗過兩次的死亡感受。

凜虎保證「藤澤大和會活下去」，大和也同意「不會進行深究」。

但這麼做當真是正確的嗎？大和覺得自己似乎誤會得很深，打從一開始就走錯了路——犯下一個絕對無從彌補的錯誤了。

當忙碌的巔峰暫且告一段落，大和向奮勇相助的雅也道謝並送他離去後，來了一位新的客人。

「嗨嗨～你真努力呢。」

是 Maria 老師。

她紮起頭髮，有型得體地身穿一襲藍色的浴衣，「呀喝——」地對大和揮著手。老師和凜虎在不同層面的意義上，很適合穿和服。

「來杯啤酒，還有鹽烤香魚。」

「好的。老師您真是幹勁十足呢。」

「還好啦。我想說至少今天要下場跳一下。」

「現在才中午耶。」

「今天是個特別的日子。」

像澡盆一樣大的冰桶裡放著碎冰塊，冰鎮著罐裝啤酒、水果酒、瓶裝彈珠汽水。

老師從那裡頭拿出了一罐啤酒，開瓶後淺嚐了一口。那副模樣非常上相，她的美貌也和凜虎在不同意義上相當顯眼。大和好想拍下照片來做成海報，每天在電視廣告中不停地播放。那樣一來營業額想必會增加。

「終於到今天了呢。」

老師一手拿著啤酒眺望大馬路，同時說道。
「什麼意思？」
大和給香魚撒著鹽巴。
「嗯，一言難盡。」
「這是什麼意思啊？」
「就說一言難盡了。」
「老師……」
大和半瞇著眼，說：
「我最近覺得啊，魔女真狡猾耶。」
「哪裡狡猾？」
「就是這種地方狡猾。明明說了不會扯上關係，卻又巧妙地涉入其中。」
「哈哈哈，魔女也是人呀。既然是人，那麼就會有迷惘。我們並沒有那麼地堅忍不拔。」
香魚烤好了。
老師握起烤串，辛苦地喊著「燙燙燙」並連骨頭一起大快朵頤。在這當中她還開了一罐新的啤酒。「你選的香魚真不錯。」「因為是要給老師的啊。」「很好的心態。」老師愉悅地喝了一口啤酒。啤酒喝完後，這次開了一罐水果酒。

「你不覺得……」

老師坐在冰桶上，說：

「我來之後，就沒有其他客人上門了嗎？」

「嗯。」

大和插著新的香魚，說：

「這麼說來，的確是呢。是說老師鮮少在鎮上走動嘛。雖然有時會去釣香魚或是採山菜就是了。」

「所謂的魔女呀，其本身也是一種結界。」

「結界？」

「有個雪夜很中意的地方對吧？那也是結界。有很多東西會讓普通人不自覺卻步。換句話說，就是異於常人的魔女需要謹守分寸的意思。」

「不好意思，我聽不懂您在說什麼。」

「那我換個說法。」

老師拎著水果酒晃啊晃的。

「大和，其實我是個騙子。」

「不好意思，我更不明白了。」

「你到這裡來一下。」

「喔……」

雖說是「這裡」，也只是接近數十公分的距離而已。

這個年齡不詳，臉上毫無皺紋及黑斑的美女，在大和面前掛著滿面笑容。

她戳了大和的額頭一下。

「——？」

「這樣算在勉強不逾越分際的範圍內吧。再多就沒辦法了。我能夠偏袒你的地方，果然還是只能到此為止。」

「？？」

大和依然覺得莫名其妙。

畢竟她是個魔女。據本人表示，那是個結界。大和十分清楚她不尋常，無法一一去在意她的奇特行為。

然而——

不。

可是，這是什麼意思呢？老師很明顯地「對大和做了什麼」。

「對了，大和。」

無視於揉著額頭的大和，Maria 老師很乾脆地換了個話題。

「你剛剛感覺非常奇怪對吧？有沒有覺得兩個世界很自然地交融在一起了？」

「啊，是的。有，我有這麼感覺到。」

「我想也是。許多事情都在漸漸接近了嘛。」

老師灌了口酒，而後噗哈地吐了口氣。

罐子裡的水果酒已空空如也。「我再拿一罐喔。」老師繼續喝下去。她喝酒的速度還真快。

「今天有可能會牽扯普通人進來，屆時再怎麼說我也會出面工作。也就是說，你可以不用在意無妨，就隨心所欲地行動吧。你要和自己的命運相搏，找出自己的結論。」

「好，我會努力的——我是想這麼回答啦，但我還是搞不太清楚。」

「抱歉喔，魔女基本上就是一種愛兜圈子的生物。畢竟我們並不尋常嘛。」

啊，再來一隻香魚。給我那隻烤好的就可以。

老師如是說，拿了一根串燒道：

「局外人暢所欲言後，這就要回去了。拜拜，大和。『替我跟雪夜問好』。」

「咦？」

雪夜？

正當大和試圖開口詢問「這是什麼意思」時，魔女的身影已經消失在人潮的另一頭了。簡直像是盛夏時分，僅會現身片刻的海市蜃樓一般。

主角姍姍來遲了。

在絡繹不絕的客人最後壓軸登場的是，一襲比誰都引人注目的浴衣打扮。

「抱歉，藤澤。我來遲了。」

「不會，妳別在意。」

「我來幫你做事。」

「不用了啦。」

大和笑著阻止一來就立刻想幫忙烤東西的凜虎。

「我差不多要和店長換班了，而且備料也大致完成了。」

「抱歉。」

「就說別介意啦。」

天色開始變暗了。

啊，就是這份感覺——大和心想。鎮上浮躁了起來。無論男女老少、當地人或是外來者，他們皆同樣等待著起始的時刻。路上可見跑來跑去的孩子們、性急的醉漢，以及點起燈來的各家攤販。

每年都有的樂趣。

不同之處在於世界之間的交界線。

白髮人士們在路上來來去去，大和的視野各處皆像是虛像般搖曳著。感覺對著鏡子伸手便能直接穿到另一頭去。若是能夠如此形容，這片光景其實極其夢幻。

「交雜在一起了？」

凜虎問道。

倘若是其他人詢問的，這句話便顯得沒頭沒尾，但他們倆默契十足。大和隨即理解了她的話中之意。

「嗯。交雜得很厲害……不，是非常厲害。」

「你還好嗎？」

「應該還行。不，不見得。畢竟狀況和昨天為止大不相同，所以很難說。」

「不要緊的。」

「有我在這裡。」

「拜託妳了。」

凜虎絲毫不見迷惘地點頭說道：

「嗯，交給我。」

如果雅也在場，八成會吹著笨拙的口哨調侃他們吧。

「我姑且……」

大和說：

「想再問一次看看。」

「嗯。」

「我只要跟妳待在一起就行了，對嗎？」

「嗯，這樣就可以了。」

「我也保證不會深究妳的行動。」

「嗯。」

「先前妳說過，到時候就會坦承一切讓我知道。」

「嗯，這也沒問題。」

「還有啊……」

大和搔抓著白髮蒼蒼的腦袋，說：

「我打工頗賣力的，所以資金小有餘裕。等到一切都落幕後，我們拿著這筆錢去四處遊歷吧。看是要搭電車或巴士，不然騎腳踏車或走路也行。我們去享受形形色色的美食和風光吧。我想做這些事，這就是我的未了心願。」

大和翻動著香魚串。

那是一條早已烤得恰到好處的香魚。因此，這很明顯是在掩飾害羞。

「說好嘍，青山。一切結束後我們一定要去做這些事。」

「嗯。」

凜虎同意了。

「說好了。」

她靦腆地點了點頭。

大和對她的約定寄予全面信任。他也同樣害臊地以「我說完了」這句話作結。

「那我也有些話要說。」

凜虎露出了正經的表情。

「今天應該會發生很多事，但我不曉得箇中詳情。有些事情我明白，但不清楚的狀況比較多。我們得遇到了才知道。所以我能夠說的就是——」

凜虎緘默了下來。

她停頓了一會兒，好像在選擇著詞彙。

「藤澤，你就做你自己吧。」

「……這啥意思？」

「不許深究。」

「好，就包在我身上吧。」

大和答應下來了。

藤澤大和亦是個守約的男人。

這時，天色已日落西山。請呵欠連連的店長交班後，大和與凜虎便到鎮上去。被祭典氣息引誘而來的人們，他們發出的呢喃有如從地底響起的水聲，既低沉又強悍，沿著腳底撼動著背脊。

某處響起了掌聲。

一看，祭典總召拿著麥克風在屋形花車上，正準備進行報告。

他「啊～啊～啊～」地測試著麥克風。

總召帶著略顯緊張的表情開口了。

「呃——今天也衷心感謝這麼多朋友來到我們的現場。通宵狂舞的活動，也在本日迎向了第四天——」

路上的行人有一半停下了腳步抬頭望向花車，剩下一半不是逛著攤販，就是和朋友談笑風生，或是喝著水果酒將嘴裡的章魚燒送進胃裡。

凜虎緊握起大和的手。

「青山？」

「你可別被帶走了。」

她的視線好似在凝望著半空中，已經超越認真的程度，可謂戰戰兢兢了。「就如同各位所知道的，郡上舞是流傳了數百年的傳統活動——」總召繼續報告著，人們或是以圓扇煽風，或是踩響著木屐小跑步奔馳而去，或是撕下偌大的棉花糖送入口中，或是纏著母親買假面騎士的面具，「今天也請各位多加留意，避免受傷——」或是望眼欲穿地注意著時間，又或是性急地哼著歌開始跳起舞來。

就在這個瞬間——

出乎意料的狀況發生在大和身上。

第九話

（嗯……）

這是大和最直率的感想。

好似水與油未經乳化作用而混合在一起。

又像是頭下腳上地走在空無一物的半空中。

過去及未來、時間和空間的境界皆不復存在。當大和站在兩個世界的交界線上時，總是有所自覺。然而那僅是一瞬間的事情，他還是初次如此紮紮實實地感受到自己置身其中。

原以為自己習慣了，今天卻讓他大開眼界。

總之就是很噁心。大和試圖揉揉胃部，卻發現根本不確定自己的身體處在哪個世界裡。兩個世界極其自然地重疊起來了。舞會早已開始，正配合歌曲打著拍子。場中迴盪著〈川崎〉的和緩曲調。「離開郡上八幡時，雖未落雨卻濕了衣袂」……

也有很多白髮人士在這裡。除此之外，大和還開始看見了各式各樣的東西。那既像是植物、細胞或薄靄，又像是固體或液體。總之琳瑯滿目的物體飄浮在此，不斷出現又消失。

（受不了。）

大和忍耐著這份噁心的感覺而皺起臉龐，但就連他是否有皺起來都不確定。現在的大和是和另一頭世界重疊的存在。不知何處傳來「你可別被帶走了」的聲音，對了，得小心別被帶走才行。原來如此，只要稍有閃神便會轉瞬間融入另一個世界——

「青山？」

大和此時注意到了。

凜虎不在這裡。明明剛剛才跟她握著手而已。

他環顧四周，看到了屋形花車、以花車為中心擠得水洩不通的舞者們、連綿不絕的攤販，以及油炸麵粉的焦香味等，屬於原本世界的眾多事物。

在這些東西的另一端，他發現了自己所要找的人。即使身在人群另一端有一百公尺之遙的遠處，那道身影依舊醒目。原來她在那裡啊。

雖未落雨卻濕了衣袂。

喂——青山。

大和揮著手，同時分開人牆接近而去。噁——他再次吐出了舌頭。這份感覺相當不踏實，好似在水裡或無重力空間中移動一樣，也搞不太清楚東西南北上下左右。儘管如此，他的雙腳卻確實地在前進。真是不可思議。

喂——青山。

大和更接近她了。就在只差數步便伸手可及時——

雖未落雨卻濕了衣袂。

咚。

他和別人撞到了肩膀。

啊，不好意思——反射性地道歉後他才發現，方才撞到的是白髮人士。性別及年齡皆不詳的這個人對大和毫不在意，逕自通過後便直接融入景色中消失了。

（……我和他撞到了？）

至今從未發生過這種事。儘管自認腦中清楚這點，但這裡果然還是很異常。無論什麼都是。

「青山？」

接著大和才察覺到凜虎不在這裡，他又跟丟了。他轉了一圈四處張望，卻未發現她的蹤影。但她的樣貌可是相隔一百公尺也能發現，只要找一下肯定馬上就——

（找到了。）

大和隨即發現了她。

在延續至街道盡頭的舞者隊列後方，她的背影出現在攤販前的人龍另一頭。

「喂，青山。」

大和向她攀談。

她沒聽見嗎？凜虎試圖直接遠去。

「喂！青山！」

大和耐不住性子大喊出聲，而後心想「哎呀，糟糕」而掩上了嘴。發出這麼大的聲音會被四周的人注意到吧。雖說是祭典的日子，還是得謹言慎行——這麼一想，大和才注意到一件事。

沒有人在看他。

音量這麼大，好歹也會轉過頭來瞄一眼才對吧。至少大和自己會這麼做。但沒有人在意他。他覺得自己好像變成了空氣。簡直像是周遭人們根本沒有認知到他的存在。

（——啊……）

這下子他又跟丟了。沒看到凜虎的人。

（哎呀，真是的。）

這是怎樣啊——大和抓了抓頭。是在跟我玩捉迷藏嗎？又不是小朋友了。

大和再次推開了人群，不斷推開他們前進。舞者分成了兩列。他們以花車為中心，恰好像是腳踏車鍊條一般繞著圈圈。這就是所謂非日常的景致。這副景象正適合喜慶之日，其他地方絕對無法看見。人與人之間，僅在這天以舞蹈串起了特別的圓圈。

大和在裡頭開路前進。

舞者們往左右兩旁分開而去。

摩西分紅海時，鐵定也是這種心情吧。只是大和所分開的並非鹽水，而是人海。而且今天的大和還不光如此，他甚至得分開各種異形之物前進。這就是所謂的百鬼夜行。

（喔。）

發現她了。

這次她人在橋畔。凜虎搖搖晃晃的背影出現在人牆另一頭。喂，青山——大和不屈不撓地繼續喊話。接近之後，她的身影又倏地消失了，感覺彷彿在追逐著熱靄或幻影一樣。伴舞的曲子唱個沒完，離開郡上八幡時，雖未落雨卻濕了衣袂，一直一直持續著。大和試著拿出手機打給凜虎，結果理所當然地毫無反應。這正是「沒有成果的努力即為無謂」的典型。

不論是時間、空間，甚或是過去和未來，原本都不存在於此。

大和明白，兩個世界僅是極其勉強地維繫著。他完全沒有分開人海的實際感覺——接觸他人的感受，以及肩頭或衣袖彼此碰觸的確切觸感，早已消失得無影無蹤。

大和一直身處夾縫中。

不，真要說的話是位在那一頭的世界。

「不行。」

大和覺得自己好像聽到了聲音。

聲音是從哪裡傳來的呢？他左顧右盼，卻也無法肯定來源。

「你別被帶走呀。好好意識自己的存在。」

是凜虎。

雖然他知道是誰，但——

「青山，妳在哪裡？」

「我一直都在你身邊。」

不，就算妳這麼說，我也——

大和在心中抱怨著。到處都看不見她的蹤影。原來不是在玩捉迷藏，而是猜謎嗎？這實在令大和感到焦急又煩躁。他搞不懂青山凜虎這個人。當然相信是相信沒錯，可是……

「今年夏天我很開心。」

不見人影的凜虎深切地說道：

「真的很開心。總覺得一直以來想做的事情全都做到了。」

找到她了。

她人在頗遠之處。

這次她的身影是在當地啤酒館的店面前晃來晃去。

「嗯，太好了。我真是鬆了一口氣，感覺這下子全都能釋懷了。」

哎呀，真會給人添麻煩。

大和不斷撥開人群前去。舞動的人潮一擁而上，大和一瞬間皺起了臉，卻發現凜虎的身影又消失了。

（這太奇怪了吧。）

他的心跳加快。

儘管自認一清二楚，狀況依然和往常不同。這是怎樣？發生了什麼事？這已經不單純只是兩個世界交雜在一起的層級了。感覺是其他更重大的情況。

「接著就是得遵守約定了。」

是凜虎的聲音。

她在哪兒？

找到了，這次在味噌店那一帶。凜虎回過頭來，好像在說「我在這裡」似的。她美麗的容顏一如往常，也同樣帶著憂鬱。

哎呀，真會拐彎抹角。

大和按捺不住了。為何我會想一一走到她身邊去啊？這裡既沒有時間和空間，也沒有過去和未來吧？我的所見所感都是我內心的期望，照理說原本應該有更不一樣的感受方式才對。

對了，比方說——

現在試圖踏出的這一步。

一般來說是數十公分的距離，但當真如此嗎？真的不過是數十公分嗎？若是這裡，若是現在，應該去得了吧。大概。預備——

大和跳了起來。

到哪兒去？凜虎身邊嗎？

不對，大和跳到的地方是過去。

†

「嗳，雪夜。」

大和是在兩年前提出這個問題的。

凜虎老是說著「藤澤好遲鈍」，實際上他也有自覺。自己這個人——藤澤大和確實很遲鈍。儘管一次也未曾承認，一直嘴硬否認，但事實是無從扭曲的。

藤澤大和很遲鈍。

因此要花很多時間才察覺得到。然而一旦發現，便無法默不作聲。他的神經可能很大條，也或許謹慎點佯裝渾然不覺比較好。可是——

「嗯？」

雪夜歪過了頭。

他的動作十分惹人憐愛，就連身為同性的大和都這麼覺得。即使從小學畢業升上了國中，青山雪夜那份夢幻的唯美不但並未褪色，反倒愈來愈顯眼。簡直像是一顆被下了魔法的寶石般更添神秘魅力，燦爛耀眼。

「什麼事，大和？」

他以天真無邪的微笑催促大和說下去。

天真無邪——追根究柢，這名少年可曾擁有過邪念？就連遲鈍的大和也能理解到，這名值得敬愛的友人當真不尋常。他太過唯美、太過溫柔，非常容易崩壞。

大和開口問道：

「你喜歡凜虎嗎？」

「喜歡啊。」

雪夜笑著回答。

大和進一步詢問：

「是以妹妹的身分喜歡嗎？」

雪夜笑了。

他笑而不答。

†

（——剛剛那是怎麼回事？）

大和茫然自失地呆立著。

那是從前的記憶？對喔，曾經發生過這種事。他一直遺忘至今。

在 Maria 老師的研究室甦醒時，他喪失了些許記憶。不光是醒來前後的事情。比方說鳥兒的事、先前死過一次的事——以及其他許許多多的事，大和都忘掉了。

不對，是被迫遺忘的？

腦袋和身體跟不上一鼓作氣地灌輸進來的資訊，大和感到不知所措。在此同時他又跟丟凜虎了。

她不見了。

看不到凜虎的身影。

大和人在味噌店門口。他照著自己的意思跳躍到這裡來了。雖然他很想感謝時間和空間都很寬鬆的交界線，但最重要的凜虎不在可不成。

她在哪裡？

大和尋找著她。

找到了。

凜虎這次出現在鞋店前面。她到底想玩捉迷藏到什麼時候——大和才剛這麼想，隨即轉了個念頭。

凜虎的背影彷彿像是在替他帶路一樣。

他不擅長思考。

大和決定再次起跳。

†

凜虎是在四年前的秋天成為魔女的弟子。事情是發生在獲得大和協助，和雅也等一幫同學和解後大約過了一年的時候。

這是座狹小的城鎮。她和 Maria 老師的感情也很好，而她和雪夜是同住在一個屋簷下的雙胞胎兄妹。像大和這種遲鈍的少年先姑且不論，這樣的環境要隱瞞事情也有個限度。而凜虎她擁有才能，至少打從老早以前就能自由出入雪夜結界的程度。

「我不建議啦。」

Maria 老師並未擺出好臉色。

當然雪夜也是，不如說他很反對。

可是凜虎十分頑固，她絕對不肯退讓。她強烈希望盡可能接近自己最喜歡的哥哥，想巴結大和的這個歪腦筋也在推波助瀾，最後 Maria 老師便屈服了。

「唉，真拿妳沒辦法。這對妳而言確實也是自然的生存方式。說起來，魔女這種生物，是很重視命運和宿命之類的東西嘛。這對我們來說是理所當然的。」

凜虎的才能是貨真價實的。

而且她很認真，她廢寢忘食地埋首於魔女的教導當中。環境也無話可說，畢竟有 Maria 老師和雪夜在。以大學來比喻，就是等同於跳級公費生的待遇。

凜虎渾然忘我地沉浸在學習中。Maria 老師也佩服地表示，這下子搞不好她會學得比雪夜還快。當初反對的雪夜也開始會積極地教她許多東西了。

凜虎便是這樣一步登天，成長為一名魔女。

想當然耳，她並沒有告訴大和。歷經爭執過後，凜虎和他的感情愈來愈好，而且愈來愈喜歡他，因此要瞞著這樣的對象實在令她愧疚。凜虎生性認真，縱使這是極其自然的走向，獨獨將大和獨自排除在外的狀況，仍然令她感到過意不去。

而且——凜虎這麼想。

雖然 Maria 老師和雪夜絕口不提。

但大和也相當有才能，不是嗎？

†

（——咦咦咦？）

大和啞口無言了。

（等等，剛剛那是什麼？）

是記憶？這次是凜虎的記憶嗎？連那種東西都看得到嗎？這裡還當真什麼都有、什麼都不奇怪耶。這就是所有一切統統交雜在一起的世界嗎？

（喂，青山，這什麼狀況啊？）

大和尋覓著她。

找到了。

這次凜虎的背影出現在鰻魚店前方。

在腦袋猶疑之前，身體先動了起來。大和再度起跳。

†

「噯，雪夜。根本完全不行嘛。」

三年前的某一天，大和出言抱怨道。

這裡是某條連當地人也鮮少來訪的河川上游。穿過森林後，便是一片布滿了小石頭的遼闊河灘。這裡就是青山雪夜所珍視的地方——結界。

「嗯？」

雪夜可愛地歪過了頭，說：

「什麼東西不行？」

「就鳥兒啊。」

大和嘟起了嘴，說：

「我完全沒辦法聚集起鳥兒。你以前到底是怎麼做的啊？」

「嗯嗯——」

雪夜笑了。

大和繼續深究道：

「我有到圖書館看過書，但找不到那種方法。就算聚集到，也頂多才一到兩隻，若要牠們群聚而來就得撒餌。可是啊，你用的方法不是這樣吧？」

大和回想起那時的光景。

和青山雪夜初識之時，無數的鳥兒在他身旁交錯紛飛。當中有鴿子、麻雀、烏鴉，甚至連黑鳶這種猛禽都有，牠們毫無隔閡地在雪夜四周玩耍。大和的腦中自然而然地浮現了「樂園」這個詞，又或者該說是「夢幻」。總之那副光景相當耀眼，簡直像是仙境一樣。

「你並沒有餵牠們吃飼料，也不是一隻隻馴服。說真的，那究竟怎麼辦到的？」

「不曉得耶。」

「示範給我看看啦。」

「下次吧。」

雪夜以微笑含混帶過。

這張笑容十分強大。這名少年雖然溫和善良，不過一旦決定便不會輕易屈服。他們兄妹倆在這點上頭一模一樣。關於這件事，哥哥似乎決定以笑臉堅持到底。大和「嘖」了一聲皺起臉龐，正打算死心的時候——

「我覺得辦得到。」

一道聲音從旁打岔。

是凜虎。當時他們三人經常聚集在此。雪夜身體狀況良好時，常常在這裡度過。

「我覺得藤澤你辦得到。」

青山凜虎生性認真。

這時自然也一樣。她掛著極其正經的表情，說：

「我來教你吧？」

「咦？」

「但我不曉得有沒有辦法好好教就是了。」

大和困惑於這個出乎意料的提議。

凜虎略顯顧慮，口氣卻相當熱情。

「可是我會努力教你的。雖然還不夠格教人，但我會加油。我給你添了很多麻煩，我想盡可能回報你。」

「咦？呃，不——」

大和更困惑了。

「是說啊，妳……」

「嗯。」

「有辦法呼喚鳥兒嗎？」

「嗯，大概啦。我大致知道訣竅。」
「真的假的？太神啦。」
喔——大和率直地感到佩服。
凜虎的雙頰染上一抹紅暈，說：
「再說，如果你願意來到這一頭，我會很高興。」
「這一頭？」
「哥哥。」
她並未回應大和的疑問。
「可以嗎，哥哥？」
凜虎請示著雪夜。
搞不太清楚狀況的大和在一旁觀望，但他想像得到之後的發展會是什麼樣。雪夜露出了傷腦筋的表情。
「不行啦，凜虎。」
他一臉困擾地開口勸戒。
「這可不行。」
「可是，哥哥……」

「不行。」

「可是……」

凜虎仍不罷休。

「我覺得藤澤他有才能，這樣太浪費了。」

「妳得乖乖聽話。這不是有沒有才能的問題。如果是過去就算了，現在的妳應該懂吧。」

「可是哥哥，可是——」

「凜虎。」

這是大和初次耳聞的聲音。

也是初次得見的表情。

雪夜並沒有笑，他生氣了。雪夜的表情相當緊繃，令人不禁背脊冒汗。

「對不起。」

凜虎沒有繼續頂嘴。

她低垂著頭看向下方，一看就知道很消沉。

「抱歉，大和。事情變得這麼奇怪。」

開口道歉的雪夜，已經變回平時的他了。

他露出了溫柔體貼的微笑。

「可是，不好意思。剛剛的事情拜託你忘掉吧。」

「嗯，好。」

大和一副「真沒辦法」似的搔抓著頭，這天的事情就此落幕。

不過大和是個不輕言放棄的人。他在其他日子悄悄拜託了凜虎。

「好嗎？拜託妳。一下子就好。我好想那麼做看看。」

凜虎的態度很消極，哥哥對她發脾氣一事似乎令她非常難過。儘管如此，大和依然死纏爛打著。這就是所謂的三顧茅廬。他一天又一天，經年累月地繼續想方設法拜託著凜虎。

頑固也是有個限度的。

歸根究柢，打造出契機的就是凜虎本人。而她耿直的程度和頑固不相上下。

「……你不要告訴老師和哥哥喔。」

結果凜虎接受了大和的提議。

†

（——真的假的啊？）

大和矗立在原地。

方才所見的景色、影像，換言之就是失去的記憶令他茫然自失。他在舞者圍成的圈子正中央，像個木頭人般佇足著。上百名舞者及觀光客，沒有任何人留意他。好像他不存在於那兒似的，又像是躲開河川中央的木樁似的，所有人皆往左右而去，

（不會吧。）

大和有點不敢置信。

不過確實發生過這樣的事情。

大和曾經纏著雪夜，要他呼喚鳥兒和傳授其方式。青山兄妹因為此事而稍微不和，但凜虎依然偷偷地——換句話說，這表示凜虎在那個時間點已經兼具才能和能力了嗎？然後大和也……

「真假？」

這次他實際喃喃說出口了。而他果然還是呆立在原地。

祭典的伴奏聲未曾止歇。離開郡上八幡時，雖未落雨卻濕了衣袂，大和並未發現同樣的曲子一直在演奏，以及舞者們不再只有活人了。郡上舞既是供養祖靈的儀式，同時也是連結兩個世界的橋梁。這裡已經不是他所知的任何地方了。

（青山呢？）

她在哪裡？

大和轉頭張望，找到了。她的背影在舞群另一頭若隱若現。

他在心中默念。

而後縱身一躍。

†

「……我都說不行了。」

「對不起……對不起，哥哥！」

凜虎在哭。她皺著臉龐淚如雨下，嚎啕大哭到連鼻水都流下來了。

另一方面，這時的大和死去了。他死在遼闊森林後方那座充滿石子的河灘，也就是祕密地點——結界。他的手腳往奇怪的角度伸展著還口吐白沫，已經徹底回天乏術了。

凜虎泣不成聲。

雪夜的表情整個僵住了。

「我錯了。」

他緊咬嘴唇懊悔著。

「我讓大和見識到了『這一頭』的事，也未能阻止凜虎。老師平時總是千叮萬囑，說『沒有什麼比擁有才能的半吊子更難搞』……但我太輕忽了。全都是我的錯。」

「不對，是我的錯！是我教了藤澤，他才會勉強自己，導致……」
凜虎說出這番話已經竭盡全力。她趴在大和的屍身上頭，再度抽泣起來。
雪夜表情苦澀地閉上雙眼，不久後將手擱在妹妹的肩膀上，說：
「我們回老師那裡去吧。」
「……」
凜虎搖搖頭。
「之後的事情就交給老師，我們不能就這麼把大和丟在這裡吧？」
凜虎再次用力地搖頭，像是個耍賴的幼兒一樣。
「我們已經無計可施了。大和他死了。」
「哥哥！」
凜虎糾纏著雪夜。
她開口懇求著。
「哥哥，求求你！」
「不行。」
「哥哥！」
「跟老師說也一樣。那個人不會做出不合道理的事情來。」

凜虎並未死心。

她相當拚命，這是她有生以來第一次如此將情感溢於言表。大和要死了，而且還是自己的過失害得他喪命，沒有比這還可怕的事了。怎麼樣都必須拯救他。無論要付出什麼代價。

「哥哥。」

凜虎拭了拭淚，做好心理準備。

「你有辦法讓藤澤復活吧？你辦得到對吧？」

「辦不到。」

「騙人。哥哥一定辦得到。」

凜虎的表情充滿信心。

雪夜搖搖頭，說：

「凜虎，妳知道這是行不通的吧？畢竟妳也有在老師那邊出入。」

「我知道。可是如果是哥哥的話……」

她的眼神流露出絕對不退縮的神情。哥哥比誰都要清楚妹妹的個性。

經過了一陣漫長的沉默後——

雪夜擠出這句話來：

「只有一個辦法能夠讓大和死而復生。」

†

「……喂喂喂。」

剛剛那是怎樣？大和驚愕不已。

那是凜虎的記憶嗎？大和果然在先前死過一次了？所謂死而復生的辦法，又是指什麼呢？

他內心一片混亂，這個世界亦同。已經難以區別兩邊的世界，且它們都很不自然。幻想、蠱惑、不斷跳舞的人們、無止盡的祭典伴奏、奇形怪狀之物、不留形體的風景。

「打從那天之後，我一直沒能過去。」

有道聲音傳來。

是凜虎。她在哪裡？

「那個祕密地點。雖然我認為，不論是對哥哥或我——八成對你也是，那道結界都是特別的地方。」

在哪兒？

大和在這個已無大地之境可言的世界尋覓著。

「所以我很開心，能以練習跳舞為由，和你一起到那裡去共度一段時間。而且我也下定決心了，我能夠重新正視自己的所做所為，以及接下來非做不可的事。」
「青山。」
大和的心中感到一陣忐忑。
藤澤大和很遲鈍，但他依然明白將發生某種不好的事。某種令人極度不快的事。
「青山，妳在哪裡？」
「我一直都在你身邊。」
不在啊。
根本看不到嘛。
大和很想咂嘴，可是事情不就是那樣嗎？即使目不可視，她也確實在那兒才對。應該說這跟在不在都無關，這裡便是那樣的世界。
只要去感受即可。感覺她的存在、形體，以及溫度。
到她身邊——
大和想到青山凜虎的身邊去。
「藤澤，你果然有才能。」
甫一回神——
她就出現在眼前了。

「你居然能如此輕易過來，真了不起。」

離開郡上八幡時——

雖未落雨卻濕了衣袂。

「……青山。」

大和說不出話來。

普通人以及異於常人之輩，舞動的人們參差不齊地混雜在一起的世界。

「妳那是——」

即使遲鈍還是會料中。

青山凜虎站在淡淡搖曳的交界線上。

她的髮絲和她哥哥一樣，變得一片雪白了。

第十話

「是我害死你的。」

青山凜虎在交錯的世界中低下了頭。

「對不起，我一直沒能說出口。」

純白髮絲傾瀉而下。

時間與空間、過去和未來交融在一起。交界線失去了概念，唯有舞蹈在渾然及混沌當中不斷持續著。離開郡上八幡時，雖未落雨卻濕了衣袂，已經連誰是舞者、誰是表演者都無從區分了。

該怎麼對她開口才好呢？

藤澤大和仍茫然若失。太多事情接二連三地發生，他的腦袋和身體都跟不上。

（如果是遺傳就好了啊。）

這是他第一個念頭。

凜虎的頭髮——那頭豔麗的黑髮如今變得一片雪白。好似纖細的玻璃工藝品，又或是石綿一般，讓人無法不聯想到她哥哥雪夜。大和原本認為他們兄妹倆長得不像，但這是錯的。反倒該說他們如出一轍。像這樣一看，大和才接受他們是雙胞胎的事實。

他們的容貌長得絕對不像。

明明如此，卻又為何會覺得相像呢？

「我花了兩年才總算來到這一天。」

幻想與現實。

凜虎站在兩者的夾縫間喃喃說道。就從她平時惜字如金的個性來看，這反倒算是多話了。大和不由分說地感受到一股不祥及不安之兆。

「我想老師什麼都知道，卻二話不說地教導我。我真的對她有說不盡的感謝。」

Maria 老師說，那是亡者的證明。

大和那頭變得純白的毛髮，是連結兩個世界的證明。雪夜的髮色也是純白的，那名特別的少年，自從呱呱墜地的瞬間起便是兩個世界的混血兒。而如今凜虎的髮絲也是。

「幸好趕上了。」

如此低喃的她，一副打從心底感到鬆口氣的模樣。

「這麼一來藤澤就不會死了。真的太好了。」

「青山。」

大和忍不住開口。他心感焦躁，得說點什麼才行。

「拜託妳解釋得讓我明白。我的腦袋不太好啊，聽不懂妳想說什麼。妳老是這樣，講話不清不楚的。」

「現在的你應該能夠看到了。」

凜虎笑了一下，說：

「你能夠看到一切。」

什麼啊？

都到了這個關頭，她講話還是沒頭沒尾的。不過，大和確實明白凜虎的言下之意。此時此地不僅沒有時間空間及過去未來的分別，連存在本身的交界線都模糊不清。凜虎便是大和，反之亦然。

無須數著一二三起腳跳躍。

大和在心中默念：就來看吧。

†

哥哥說，辦法只有一個。

唯有一個辦法能夠令大和死而復生，將凜虎害死的少年維繫在這個世界。

不用說，凜虎自然是興致勃勃。那是她的雙胞胎哥哥，儘管雙親早逝，兩人骨肉離散，他們也是一對受到堅強羈絆聯繫起來的兄妹。凜虎比誰都還要了解雪夜，不論是他平時絕不展現自己擁有的特殊力量一事，或是呼喚鳥兒對他來說比呼吸還簡單一事。

仍有希望。

大和還不要緊。

「只要我死掉就好了。」

——剛開始凜虎聽不懂他在說什麼。

過了好一會兒她才「咦」一聲，發出自己也覺得愚蠢的聲音。

「只要我死掉，大和就會復活。」

哥哥若無其事地說著。

就像是念出日式套餐的菜單般一派輕鬆。

「意思就是，把我的性命交給大和，我死後他便會復生。如此一來就辦得到。可沒辦法令他平白無故地復活呢。」

凜虎也知道，不可能無緣無故讓他復活。她很聰明，知曉哥哥的力量，對 Maria 老師也熟悉。做事需要付出代價，就和支付零用錢購買點心一樣。天下沒有白吃的午餐，得有人將責任一肩扛下來才行。

而一般人無法做出背離人世常理之行為。凜虎就辦不到，Maria 老師八成也不行。那麼有誰做得到呢？除了青山雪夜之外別無他人了。

凜虎感到毛骨悚然，臉色唰地發白。

她終於自覺到自己許下什麼願望了。

「話雖如此，卻也不會持續太久。」

哥哥依然平靜地說道。

簡直像在法庭一樣——凜虎抱著不合時宜的想法。你有權請律師、你有權保持沉默——就像是在宣讀既定條文，之後無法避免會做出某種判決。

「畢竟我活不久了。雖然現在很健康，不過可能一到兩年，大概頂多五年我就會命喪九泉了。我只能給大和這麼多的命，之後什麼忙也幫不上。妳要先明白這點。」

凜虎無言以對。

她很清楚，現在必須在無可斗量的事物間做出抉擇、正是自己害得面臨此等狀況，以及她將大和與哥哥捲進這樣的麻煩裡。

「沒有時間考慮了。」

哥哥露出微笑。

連這種時候他都笑得出來。這是不斷往來生死交界的哥哥，他的溫柔和過人之處。就連身為骨肉至親的妹妹「要他的命」，這名少年也不為所動。

「不快點決定就會來不及。再繼續置之不理，大和當真會再也回不來。妳必須立刻決定要我或大和死去。」

「……」

「無論妳做出何種選擇，之後都要統統告訴 Maria 老師。她會在能力許可範圍內好好妥善處理的。」

凜虎的雙膝不住顫抖著。

她直打著哆嗦。她好想當場癱坐在地，掩起自己的臉來。她實在怕得不得了。是為何而恐懼呢？害死大和嗎？抑或是要求哥哥交出性命呢？

不，不對。

凜虎害怕的是，在她心中已經有了答案一事。

凜虎比誰都還要畏懼自己。對方是自己最愛、要比任何人都重要的人，好不容易結束了骨肉分離的生活，凜虎原本打算陪著他走完所剩無幾的人生旅程。明明是這樣啊。

「我可以問妳一件事嗎？」

哥哥開口問道。

話中完全沒有責備或詰問的意思，口吻反倒帶著關懷之情。這種時候令凜虎感到絕望。哥哥

究竟是為何而活的？為什麼他能接受這種命運？

「妳喜歡大和嗎？」

凜虎點點頭。

「是以朋友的身分嗎？」

「……」

凜虎並未回答，然而沉默卻勝過了千言萬語。

†

「我覺得自己也該死了。」

雪夜突然說道。

那是什麼時候的事呢？兩年前？三年前？或是更久之前？明明應該已經記起了，大和卻想不起來。唯有鮮明強烈的印象以觸手可及的質感復甦了。

「不，你別露出那種表情啊，大和。我真的是這麼想的。」

雪夜笑了。

他總是極其自然地笑著，當真像個仙人。明明兩人年紀相同，青山雪夜卻笑得像 Maria 老師一樣，年齡不明且看透了人間是非。

「我原本就活不久，也不該活得太久。我的事情我自己最清楚了。我無法融入這一頭的世界，這已經是莫可奈何之事了。」

大和聽不懂。

這個特別的朋友、崇拜的對象到底在說什麼？大和清楚也親身感覺到他來日不多。但大和依然不明白青山雪夜在說什麼、想表達什麼。

「我喜歡凜虎。」

雪夜說。

「其實我有點羨慕你呢，大和。我平時總是在想，要是能夠成為你就好了。如此一來就能和凜虎在一起更久更久了。你在我眼中相當耀眼。坦白說，我很嫉妒你。」

雪夜還這麼說。

「我想要繼續當凜虎崇敬的哥哥，這就是我竭盡全力的作為。喜歡上了妹妹的我，毫不保留的全力。」

雪夜接著如此說——

「能夠與你相遇真是太好了。我妹妹就拜託你了。」

「開什麼玩笑啊。」

大和怒火中燒。

那是短短數週前的事情。換句話說，便是重現了大和在Maria老師的研究室甦醒前不久，初次喪命那時的記憶。

「這表示要我收下妳的性命，獨自苟活下來嗎？亂來一通。」

「藤澤，這是既定之事了。」

即使大和大動肝火，凜虎的態度也並未改變。

頑固的她要交出自己的性命，延續大和所剩無幾的生命——雪夜曾經做過的事，這次則是由凜虎來做。雖然大和曾一度死而復生，但憑雪夜的力量無法讓他長命百歲。既然如此，之後該由誰來想辦法讓大和存活下去呢？

「這是我的任務。」

凜虎如是說。

為此，她這兩年當中在Maria老師身邊不斷鑽研，為的就是更有效率地拋棄自己的性命。

「不然的話，就會變成我只是單純殺掉哥哥罷了。因此，今後我也一定要你繼續活下去。否則我活到現在就沒有意義了。」

別鬧了——大和更是強硬地說道。

會迎向愚蠢的死亡都是他自作自受。明明是一介凡人，卻期盼像雪夜那樣子呼喚鳥兒看看，而後踏入了超乎自己水準的領域。自己闖的禍自己收拾，這才合乎道理。

歸根究柢，光是雪夜為自己而死這個事實就令他難以忍受。現在還要連凜虎也拖下水？開什麼玩笑，他絕對不可能承認這樣的結果。

「可是藤澤，只有這條路好走了。」

凜虎搖搖頭，好似在規勸著鬧脾氣的孩子一樣。

「你大概撐不到今年秋天。雖然你看起來健健康康的，但馬上就會死去，我要在那之前把性命交給你。不過，我還有許多事情想先完成，比方說郡上舞。我們兩個都沒有好好跳過吧？至少在最後我想認真跳一次，除此之外還有很多很多。這座小鎮上有很多屬於我倆的回憶，我想和你一塊兒四處回顧。」

大和領悟到自己站在極其重大的分歧點上，他強烈地感受到凜虎是認真的。他們之間的交情長久又深厚，想說服她根本是天方夜譚。況且，雖然她說時限是到今年秋天為止，但她只要有那個意思就能馬上行動才對。魔女會做出「代替大和而死」這種荒誕無稽且令人難以認同的行為，有必要的話當場立刻動手都行。

有沒有什麼辦法呢？

大和拚命思索著。他在短短一瞬間內絞盡了所有腦汁，搞得腦漿幾近沸騰，都快看到人生跑馬燈了。

所謂「窮鼠齧貓」。

又所謂「慌不擇路」。

大和有才能。

更重要的是，如今維繫著他生命的，是連魔女都讚嘆不已的青山雪夜這名稀世少年的靈魂。

換句話說，這代表了什麼意思呢？

「原來如此啊。」

大和忽然領悟到了。

這時浮現而出的，是凜虎完全沒有料到，恐怕就連 Maria 老師都不曾考慮過，一個微乎其微的可能性。

「這樣啊。『因為我帶著雪夜，事情才會變成這樣嗎？』」

「咦？」

「不過在這種狀況下，反而亂幸運一把的。畢竟死去的我是得到了雪夜的性命，才會像這樣子活著吧？換言之，他就在我體內對吧？」

「……？」

「我擁有才能沒錯吧？而且現在的我和雪夜是生命共同體對吧？也可以想成『他的力量是我的東西』是吧？」

「啊……」

這是個奇蹟。

只不過就某種意義上，是極度不幸的奇蹟。

「騙人，等一下……」

凜虎也察覺了。

她慌慌張張地擠出慘叫般的聲音。

「藤澤，你等一下。不會吧，這不可能，難道你那麼輕易地就——」

到頭來，才能不過是有沒有注意到的問題。而現今的藤澤大和亦為青山雪夜，既然發現到了此事，那麼這反倒是極為「有可能的狀況」。

「噯，青山。」

大和一一確認著在自己體內發現到的力量，同時開口勸戒：

「抱歉，我可不能讓妳死掉，就像妳不想讓我撒手人寰一樣。既然如此——我該採取的行動就已經確定了。」

「等等！藤澤！」

凜虎衝上前來。

她奮不顧身地伸出了手。

這傢伙總是棋差一著啊——大和苦笑著。她個性既認真又頑固且死心眼，所以才會渾身破綻。難道她以為自己聽到「凜虎要為大和善後而死」會乖乖遵從嗎？笑死人了。儘管比不上青山凜虎，大和也是很魯莽蠻幹的人。

於是大和就此自我了斷。更正確地說，是斬斷了成立於大和與雪夜之間的不正常生命聯繫。就像是住院的重症病患主動拔掉了人工呼吸器一樣。大和拒絕了凜虎伸出的援手，單方面擊潰了「交出自己的性命讓大和活下去」這個愚蠢透頂的抉擇。

「求求您！求求您！」

可是他活了下來。

讓他存活的不是別人，正是青山凜虎，而共犯則是 Maria 老師。

「請您幫幫忙！我向您低頭了，老師！」

凜虎纏著她不放。

有如稚子面對父母一樣，魔女露出苦笑搔抓著頭，凜虎則死命緊揪她的衣服。凜虎儘管方寸大亂，卻帶著絕不退縮的決心懇求著。

「我什麼都願意為您做，真的！一切都是我的錯，但藤澤他卻……所以不管是要我的命或什麼都行！老師，求求您！求求您，求求您，求求您，求求您，求求您——」

大和也在最後關頭算計錯誤了。

他沒料到凜虎打死不放棄，還有Maria老師意外地天真。

更重要的是，他太過小看對方的魔女身分了。畢竟她們可是魔女——只要對違規情事睜一隻眼閉一隻眼，自然有方法再次注入生命給半死不活的人。

†

「我總是很天真。」

凜虎感到後悔。

離開郡上八幡時，雖未落雨卻濕了衣袂。

她在這個所有事物交錯混雜的世界中緊咬著嘴唇。

「我又害死藤澤了，這可是第二次。明明我都已經殺死哥哥了，卻依然保不住藤澤的性命。糟透了，真的糟透了。我無從辯解。因此我一定要贖罪。就算你不願意，這次我也絕對要行動。」

大和很著急。

「記憶……」

回想起所有記憶、知曉一切來龍去脈的現在，他已經被逼到無法回頭的地步了。

大和想要多一點時間。

雖然不曉得在沒有時間概念的世界是否有意義，但總之他就是想要。

「是妳消除了我的記憶，對吧？」

「嗯，是我做的。幸好記憶確實消失了。我既不是 Maria 老師也不是哥哥，沒有信心順利做好。」

「我們說好了對吧？我會每天和妳待在一起，然後不會深究。」

「嗯。你有遵守約定，聽我的任性話。否則八成沒有辦法走到今天。你很遲鈍，可是偶爾會很敏銳。」

「我們還約好了另一件事。」

大和說。焦急和怒火威脅著他。

「今年夏天我努力打工賺了不少錢，我說好要用這筆錢帶妳遊山玩水。等一切結束而我復活後，一定要這麼做。」

「嗯，我們約好了。」

「妳要毀約喔？」

「嗯。」

凜虎回以肯定的答覆。

她或許稍稍流露出了笑意。

「抱歉藤澤，魔女都是騙子。」

一點都不好。

根本糟透了。離開郡上八幡時，雖未落雨卻濕了衣袂，青山凜虎就在眼前，然而卻是這麼地遙遠，近在咫尺卻遠在天邊。明明大和自認為比誰都還了解她。

「我絕對不原諒妳。」

大和的怒氣盡顯在外。

「妳的想法我都看透了啦。妳心想『你要連同我和哥哥的份一起活下去，而後得到幸福』對吧？還想著『最起碼要笑著消失』是吧？開什麼玩笑，我絕對不容許這種事情發生。」

「嗯，抱歉。」

她果然略微帶著笑意。鮮少露出笑容——應該說根本不會表露情感，總是將情感壓抑在內心深處的她，就只有今天掛著笑容，這不是件好事。凜虎隨時都是認真的。而大和沒得選擇，選擇權在魔女身上。

要由青山凜虎做出選擇。

「我喜歡妳。」

大和仍不肯罷休。

「所以我絕對不要妳死。」

「嗯，抱歉。」

凜虎笑了。

大和再清楚也不過了。她很頑固，事到如今不可能改變她的個性。大和好想劈開自己無計可施的腦袋，為什麼不能在事情變成這樣之前，更早想辦法處理呢？當凜虎深感苦惱、雪夜交出自己的性命這段期間，藤澤大和這個蠢蛋就只是悠哉地過活。豈有比這件事更令人火大的嗎？

「不要緊的，藤澤。」

凜虎說。接下來即將消失的少女，簡直像是在為他加油打氣似的。

「我死後，你就會忘了我。我有確實這樣處理，所以不要緊的。」

「……」

大和無法理解。

他一定整個人都愣住了吧。必定在歪頭苦思著。

「喂。」

理解滲透至他腦中每一個角落，他八成怒髮衝冠了。

「這是什麼意思？」

「……」

凜虎沒有回應。

換言之等同於默認。

用不著一一動腦思考，她的話語就如同字面上的意義。

凜虎將會死去，而大和隨後會復活。

大和的記憶將會遭到操弄，遺忘凜虎的事情。他們至今相關的一切──兩人一同嘻笑怒罵、喜樂與共之事──以及大和喜歡她的事情，肯定都會統統遺忘。對大和而言，凜虎將會變成一個「長得漂亮卻很早逝的奇怪轉學生」。什麼也不記得的大和，今後會頂著一張愚蠢的表情悠然自得地活下去，而後在某處獲得幸福，連凜虎的份一起活得長命百歲，最後平靜地過世。

真是一場滑稽到極點的鬧劇。糟糕到笑不出來的喜劇。

然而，她當真有意如此，她做得出來。青山凜虎就是這樣的女人。

「我得走了。」

面對氣過了頭，一如字面意義變得一片慘白的大和，她投以微笑。

凜虎開口道別：

「再見了，藤澤。」

僅僅一句話。

她就是這樣的女人，所以大和才會喜歡她。然而，還有其他事情更令人怒不可遏到此等地步嗎？

「喂。」

凜虎逐漸遠去。

大和伸出了手。

「喂，妳給我等一下，喂。」

凜虎愈來愈遠，大和搆不到她。

他將手伸得更出去，但依然碰不到凜虎。

「青山！」

他感覺得到凜虎不斷接近著另一頭的世界。相對的，大和則是慢慢回到這一頭。

「青山——！」

他大喊著。

大和起腳疾奔。在沒有奔跑這個概念的世界裡，他依然奔馳著。

他拚命追尋著那道滿頭白髮的背影。

他不希望她走。

他不希望她死。

心中滿懷這樣的念頭狂奔著。

然而，回應而來的話語卻是如此：

「我沒有辦法背負起兩人份的重擔，對不起喔。」

白髮蒼蒼的背影轉眼間遠去。

他希望她回來。

他希望她歸來。

他聲嘶力竭地吶喊，跑到腳都要斷了。他追不上她。儘管知道無法如願，仍不斷疾馳。他伸出去的手揮了個空，即使如此，他的腳步也未曾停歇。

「別開玩笑了！」

大和吶喊著。

扯著喉嚨大喊。

「我怎麼可能容許，別鬧了！誰接受得了啊！給我回來！妳怎麼能死啊！要死也該是我去死啊！你們倆兄妹到底有什麼毛病！」

她抱著什麼樣的心情呢？

這幾個星期，凜虎的心情是如何呢？在那張鮮少變化的表情底下，她在想什麼呢？

他們倆一塊兒大啖了香魚。

一起玩了軟糖巧克力的遊戲。

在鎮上閒晃到厭煩的地步。

躲雨的同時，以幾乎要被雨聲蓋過的嗓音，說出了喜歡二字。

那時候、那個瞬間，她心底是怎麼想的？明知道自己將要辭世，馬上要和表明愛意的藤澤大和道別了。

（別開玩笑了。）

大和咬緊了牙關。

快動腦想想辦法，不然就來不及了。他感覺到兩個世界之間的交界線正漸漸建立起來——儘管大和無從得知，這卻是鐵錚錚的事實。他的頭髮慢慢恢復成黑色，由亡者的顏色變回生者的顏色。以凜虎的性命作為代價。

得盡力思考。

現在立刻想出一個方法。

『其實我是個騙子。』

Maria 老師如是說。

『抱歉藤澤，魔女都是騙子。』

凜虎也這麼說。

『我妹妹就拜託你了。』

雪夜留下了這句話。

沒錯，魔女是騙子。而她們擁有非比尋常的力量。

Maria 老師不會偏袒人，但那是謊言。在祭典開始前，她戳了大和的額頭。那時老師很明顯地做了什麼。

凜虎既正經又頑固還很笨拙，因此絕對有某種漏洞。儘管她自以為天衣無縫，但在某處必定有破綻。

雪夜的力量是貨真價實的。即使由外行人的眼光來看，都是如假包換的。他只是不去運用，不過那股力量比誰都要強。

那麼，大和又是什麼樣的人呢？

他是個蠢笨又滑稽的平凡高中生。害死雪夜後，這次就連凜虎都要為他送命，一個無可救藥

的愚昧之徒。

但就只有這樣嗎？

不，並非如此。絕對沒有那回事。他從雪夜那裡收下了性命，受到了Maria老師偏愛，還獲得了凜虎的芳心。

大和並不像他自己所想的那樣，這件事已經在短短數週前證明了，他紮紮實實地接觸了魔女以及雪夜的力量。

看看這個世界吧。

看看這個既無時間空間，也無過去未來，亡者與生者交錯舞動之處。

所有可能性都凝聚在這裡。

沒錯。

跳吧。

既然沒有時間空間和過去未來，那麼也不會有生與死的概念吧？

跳啊。

追上那個逐漸遠去的背影，把她留下來。

「這樣算在勉強不逾越分際的範圍內吧。再多就沒辦法了。我能夠偏袒你的地方，果然還是只能到此為止。」

「局外人暢所欲言後，這就要回去了。拜拜，大和。『替我跟雪夜問好』。」

跳啊。

跳啊！

跳啊——！

「這老師真讓人傷腦筋，也太會使喚人了吧。」

「————！」

大和瞪大了雙眼。

那道聲音他絕對不會聽錯。

那道身影他絕對不會看錯。

剎那間他所窺見的，是那名令人懷念又永生難忘的少年。

「是雪夜……嗎？」

「我不會呼喚你的名字，因為這裡就是那樣的世界。」

白髮蒼蒼的他露出微笑環顧四周。同樣滿頭白髮的人們，以及郡上八幡的街景。沒錯，這裡就是兩個世界的交界線。恐怕沒有時間和空間概念的某處。

「我就雞婆這最後一次了。」

一頭白髮的他身影像是雜訊般逐漸模糊，同時揮著手。

這是一場夢，抑或是幻覺呢？

全盤的理解擴散至大和的四肢百骸。

「再見了。我討厭你，可是也很喜歡喔。」

†

「青山！」

大和被拉回了現實。

同時也跳了過來。

超越了所有事物。

因果遭到扭曲。不可能發生的狀況，如今化為可能。

那道漸漸遠去的背影原本絕對追不上，但對現在的大和而言，就像是碰觸自己身體那般容易。

「——傷腦筋耶。」

回過神來——

大和已經握住了凜虎的手。

他留住即將消失到另一頭的她了。

「藤澤，你果然有才能。」

她露出一臉像是吃了黃蓮的苦澀微笑。

她苦於能夠像這樣再次接觸彼此的諷刺狀況。

「不對，是雪夜。」

大和搖了搖頭。

「不是我有才能，而是他，我就是他。我接受了他的性命而存活，因此才趕得上。妳能夠成功讓我復生，也是因為雪夜和我是一體的關係。一般人哪有辦法那麼簡單就復活啊。都是多虧他，我才能成為特別的人。」

「……」

「我們倆是一體的，他就是我，反之亦然，我也擁有像他那樣的特殊力量。青山，妳早就知道了吧？但妳卻瞞著我，因為魔女都是騙子啊。」

「……」

「我不會讓妳走的。」

大和用力地握住她的手。

「我才不會放妳那樣任性妄為，別想走。」

「放開我。」

「不要。」

大和直直地凝視著她。

「那你想怎樣？」

凜虎靜靜地質問道。

「我們只有一個人可以活下來，不可能一起存活。這是確切無疑的。」

「我知道。我也曉得妳是個頑固的女人，絕對不會退讓。也僅有片刻能夠像這樣子留住妳。無論我多麼煞費苦心地阻止，妳都會代替我而死。妳以為我們來往多久啦？這點小事我當然清楚。」

「那又怎樣？」

大和感受到了怒氣。

凜虎怒不可遏，不負老虎之名。

「你想怎麼做？你追上來究竟想做什麼？」

「我想聽妳的聲音。」

「……聲音。」

「沒錯。我還沒有聽見妳最真切的聲音。」

大和更用力地握住凜虎的手。

「跟什麼魔女的規定、世界的法則、應有的模樣之類的東西無關。不管 Maria 老師說什麼，那都不關我的事。我想聽的是妳的聲音，講話總是不清不楚的妳，發自內心的聲音。」

「……」

「我想和妳在一起。」

大和凝視著凜虎。

「妳不和我在一起也無所謂嗎？」

這句話掏挖著凜虎的內心深處，簡直像是在說「一點小謊我也絕不允許」似的。

大和直盯著凜虎。

他死也不會別開眼神。如果要在此撇開目光，不如一死了之。

兩人的視線劇烈對峙著，然後凜虎的臉龐整張皺了起來。

「……你為什麼要問這種傻話？」

大和為之一顫。

在這個不確定是否實際存在的世界中，大和確實感受到他所緊握的手發出了震顫。

「我想和你在一起呀。」

凜虎潸然淚下。

累積了許多年的眼淚，在此潰堤。

「因為我喜歡你嘛！我就是喜歡你呀！我想繼續跟你在一起，想永遠和你常伴左右！我還想多看看你的笑容，看著你做出蠢事然後說你蠢！這還用我說嗎？笨蛋！」

凜虎吶喊著。

幾乎要扯破喉嚨似的大喊著。

「追根究柢，你實在太亂七八糟了，藤澤！我是很開心你說願意跟我在一起啦，但為什麼挑這種時候！我才要跟你說『別鬧了』呢！一個白痴女人都說要收拾自己的殘局了，你順著她的意不就得了！至少在最後讓我收得漂亮點嘛！為什麼要特地讓我留下眷戀呢！我好不容易才準備接受事實了耶！」

凜虎大喊著。

不斷喊著。

「再說藤澤你也太任性了！自己想到就奮不顧身地去做，老是亂來！你也要為我這個旁觀的人著想呀！你說我講話不清不楚，可是你也沒資格說別人！還有，別在奇怪的地方那麼敏銳啦！明明平時都很遲鈍，完全不懂我想要你明白的事情！另外呀，你說我很頑固，其實你也半斤八兩！你太過固執，總是給我添麻煩！可是，我就是喜歡這樣的你。不過因為我很蠢，什麼也辦不到，所以……所以——」

凜虎哭了。

哇哇大哭。

青山凜虎像個孩子似的嚎啕大哭起來。她一直不斷忍耐至今，即使雙親過世、和哥哥骨肉離異都沒有哭過。這便是比誰都倔強的少女發自內心的呼喊。

「笨蛋，藤澤你這個笨蛋。」

凜虎揪著大和哭。

緊抓著他落淚。

「我想和你在一起呀。我好想……和你……在一起呀……」

「一開始就該老實說嘛，笨蛋。」

大和笑了。

他摸著凜虎的頭，溫柔地撫摸著那頭代替自己而變得一片雪白的髮絲。

他同時這麼說：

「有個辦法。」

「咦……？」

「有個辦法能讓我們繼續在一起。」

他們的身旁什麼也看不到了。

兩個世界完全一致化之後的事物，那便是無，即是虛空。在最後所抵達的，僅有他們兩人的世界。

「或許沒有辦法引發奇蹟，但我能選擇最佳解。我之所以會變得這麼亂來，都是妳和妳哥害的。我可不會讓妳出言抱怨。至今我一直被你們耍著玩，這次換我了。」

虛空即為萬物之器，大和掌握著它。因果遭到扭曲。不可能發生的狀況，如今化為可能。在他收下的這條命的能力範圍內。

「妳要陪我到最後啊。」

既然如此，選項就只有一個。

因此，大和選擇了這個辦法。

最終話

「你知道《七龍珠》嗎？」

Maria 老師拿著罐裝啤酒說道。

「那是一部著名的漫畫對吧。不，還是動畫？算了，都無所謂啦。」

這裡是郡上八幡新橋畔，以大正浪漫風格蓋起的舊官廳屋頂上。她待在魔女的「結界」當中擺著酒筵。

「那部作品裡不是會出現一個叫那美克星人的種族嗎？那邊的老大，或說是位居長老地位的人，會使用一點小技巧嘛。」

她並非在對任何人說話。

她只是獨自眺望著人間，凝視著兩頭交雜的淡淡世界，拋出了低喃。

「那招並沒有名字，只是長老會利用它打造出契機，以極其自然的方式，將原本沉眠在體內的力量倏地引發出來。我這次就是這麼做。不，我很清楚這僭越至極了。」

老師大口灌著啤酒。

雖然她的表情在笑，眼底卻沒有笑意。超脫凡塵的典型魔女雙眸，如今不見平時的悠然自得，唯有令人痛心的自虐模樣。

「而且還附帶拉出了雪夜來……這下子無從辯駁了。我沒有資格當魔女。再怎麼說都涉入太深了，真是世上最耐不住性子的半吊子。」

老師將臉蹭到雙膝之間。

她的肩頭微微發顫著。

「抱歉，我沒能為你做一些師父該做的事。真的很抱歉。」

她眼下的世界開始播放出〈松坂〉的曲調，由這首寧靜且高雅的曲子為舞蹈作結。

東方天空漸漸泛起魚肚白。早晨馬上就要到來了。

今年的夏天也要結束了。

†

藤澤大和從那個兩邊交雜在一起、沒有時間空間和過去未來的奇妙世界，帶回了兩樣東西。

一個是記憶。

他找回了所有被迫遺忘的記憶，也可說是取回了真相——雪夜因為自己而死、為此讓凜虎差點踏進鬼門關，以及自己害死自己的事，大和統統都想起來了。

不光是回想起來，他還獲得了新的記憶。那就是凜虎和雪夜的記憶。儘管只有零星片段，但大和共享了他們青山兄妹的心中，平凡地活著絕對無緣得見的事物。

他認為那便是未來。

說是可能性也行。

又或者可以稱之為奇蹟。

這是因為現在發生了不可能出現的狀況，大和在空無一物之處掌握到了未來。他違抗命運，撿回了逐漸逝去的生命，並從那個地方生還。

實在是太美好了。

那一如字面是撿回來的，原本應該是無從違逆的結果才對。大和很想毫不掩飾地表達出內心喜悅，高喊三聲萬歲、跪地磕頭，或是現在要他對根本不信的神明五體投地都行。不然將自己辛勤賺來的打工薪水喜孜孜地交出去吧，如果能夠換到未來，沒有比金錢更便宜的東西了。

只是——

他還從那邊帶回了另一樣東西。

「哎呀，那還真是嚇壞我了。」

事後長瀨雅也如此表示。

「他們倆一直都不見蹤影，舞會當中到處都找不到大和與凜虎。不，當然我也是心神不寧的啦。畢竟他們說今年一定要下場跳舞，但卻看不到他們的人，這我自然會心浮氣躁的。」

嗯嗯——他自顧自地點了點頭。

「可是啊，當最後一首〈松坂〉結束，總召說完『今年也感謝各位的蒞臨』之類的招呼，剩下的眾人一起拍手的同時彼此說著『今年也結束了啊』、『又要等明年了』的時候，那兩個人就憑空出現了。我就嚇了一跳啦。不是比喻，他們當真是無聲無息地出現，不聲不響的。」

雅也說著還比手畫腳，情緒略顯激動。

「他們是從空無一物之處突然登場的。如果沒記錯，在我眨眼的瞬間他們就很自然地出現在我眼前了，實在嚇壞我，一塊兒在那裡的其他人都毫不在意，這也讓我心驚膽跳。大家都擺出一張好像他們一開始就在那裡的表情，讓人超毛的啦。不，不是我看錯了，真的是那樣啦——咦？是不是我跳舞跳過頭看到了幻覺？說什麼蠢話。我可是現任棒球社員耶，體力多到無處發洩。就算整個月都熬夜跳舞也是活蹦亂跳的啦。」

雅也氣呼呼的。

之後換上一本正經的表情，說：

「大和與凜虎的頭髮在那時就已經變成白色的了。剛開始我整個人都傻了，因為他們的頭髮直到先前都是普通的黑色啊。對了，他們的髮色跟雪夜一模一樣。郡上舞是有些日子會舉辦類似扮裝大賽的活動啦，但那天可是通宵狂舞喔。就算要說是戴了假髮也很怪。」

雅也的視線游移起來，回憶著當時的狀況。

「然後我就開口問啦，『你們怎麼了？發生什麼事？』這樣。結果凜虎那傢伙笑著說：『我們兩個一起去染髮了。』最好是那樣啦。這一帶根本沒有那麼機靈的理髮廳好嗎？是說，他們倆的髮色在那之後也都沒有變過耶。喔，當然是從髮際線就那樣啊。如果是染的，會長出黑髮吧。」

他一副「真搞不懂」似的搖著頭。

「簡單說就是凜虎在開玩笑。我頭一次看到她在說笑，而且她還是笑著說，感覺非常自然。呃，一般人可能無法理解，但她會正常地露出笑容可是種異常狀態。該說是笑容僵硬嗎？她這個女人頂多只會客套地陪笑，或是讓人搞不清楚到底是在笑還抽搐。所謂心魔盡去就是指這種狀況吧。從那之後，凜虎與大和都改變了。」

「白髮是亡者的證明。」

Maria 老師說。

「就像我先前說過的。只不過，就連正常地活在這一頭的人類，也看得出你們的髮色改變了。真是不可思議。活得夠久，也會看到這種事情發生呢。」

老師在研究室的圓桌一如往常地喝著麥茶。

「可是別忘了，你們並非活著的狀態，會逐漸步向死亡。而且因為你們很亂來，那並不會是太久之後的事。十年？二十年？不不不，怎麼可能。哪可能讓你們得了便宜還賣乖，正好分成二等分啦。畢竟你們很胡來嘛。應該說，光是能讓你們一起待在這個世界就已經是奇蹟了。運氣好頂多一年吧？再快一點就是半年或數個月……說不定還會更快。」

老師啪哩啪哩地咬著仙貝，接著又喝了一口麥茶。

「總之，結果像這樣出來了。你們所體驗的奇妙夏天也就此告終。另外，凜虎已經不能稱作魔女了，妳所擁有的許多力量已成了空殼，這可說是魯莽的代價吧。不過就這層意義來看，也可以說是變成了普通人啦。就某種層面上，或許對凜虎而言真的算是一點小小的幸運，至少卸下了肩上的重擔。」

老師接著如是說。

「你們要想得正面一點，這可是非常浪漫的結局呀——因為你們必定會一同攜手上西天嘛，兩人共享一條命就是這個意思。我不會祝你們永浴愛河，不過要幸福喔。」

這便是 Maria 老師留下的最後一番話。

不久後魔女便消失蹤影了。她並未向任何人告別，就這麼忽然不見。老師那座空空如也的研究室，簡直像是從好幾年前開始就沒人住似的，如今也悄悄佇立在城鎮郊外。凜虎說「魔女就是這樣的人」。至少在表面上，她並未流露出悲傷或寂寞的情緒。

時至今日，郡上八幡沒有人在談論她的話題了。歸根究柢，魔女原本的模樣就是結界。那位年齡不詳的老師，今天也在某塊土地上成立研究室，過著蒐集神祕研究物、釣魚和採山菜的日子吧。那一定是極其自然的狀況。就像魔女不斷反覆述說的那樣。

關於青山家的狀況。

仙太郎老先生回到了醫療現場。他本來就是個硬朗的老人家，而且很受患者歡迎，因此青山醫院很快地就取回了休診前的喧囂。至於外孫女改頭換面，髮色變得跟雪夜一模一樣這件事，他則未表示太多意見。比起此事，外孫女的表情不再像以前那樣緊繃，反而令他喜出望外。

凜虎想回東京老家露個臉，屆時也打算帶著大和一起去。被帶到那種地方去，大和不曉得自己的言行舉止該怎麼做才好，但也找不到理由拒絕。而這八成也會成為兩人初次外宿的旅行。這對大和而言反倒是個難題，令他早早就頭疼不已。

關於大和與凜虎的狀況。

他們倆一起去給雪夜掃墓了。兩人在墓碑前不發一語，只是閉上雙眼、雙手合十好一段時間。死人原本就不會說話，而結果早已抉擇完畢。魔女自不用說，縱使是神明也無從改變、不被允許做出改變。這便是此類狀況。在夏天的餘韻——蟬鳴聲響個沒完沒了的狀況當中，他們倆真的靜靜地雙手合十了許久。

大和又再次從橋上跳水了。一旦習慣之後，這個遊戲確實會讓人上癮。儘管還無法後空翻，但大和也挑戰了各式各樣的招式。只不過有一次他得寸進尺，導致弄傷了腳。「都是因為他太得意忘形的關係。」凜虎闡述著合情合理的感想。另一方面，她跳水的姿態依舊美麗，有如順著清流而上的鱒魚那般柔美。日本的人魚傳說一般都是認為發生在海邊，如果是她，或許能夠改變這段歷史也說不定。

發生許多事之後，時間來到了九月。

九月第一個星期六，漫長的郡上舞將迎向真正的最後一天，那是被稱為舞蹈結幕的活動。唯有這一天，就連那些舞痴的表情也會變得略微溫順起來。過了今晚，郡上八幡將再次變回山坳裡的寧靜小鎮。每一首曲子的重量都截然不同，舞者們打著拍子吆喝起來，內心依依不捨地，同時性急地盼望著明年夏天來臨。

大和與凜虎今晚也有下場跳舞。儘管中途有休息過幾次，但他們從頭到尾都待在舞群當中。「只要願意，你們也辦得到嘛。」雅也感到心滿意足。如今這對白髮二人組在鎮上已經無人不知，尤其是凜虎的優美舞蹈更是引人注目，讓她沐浴在年齡相仿的女孩們的尖叫聲之中。

轉眼間便來到深夜，舞蹈以〈松坂〉這首曲子作結。

之後還有一個小小的活動。眾多參加者手提燈籠，圍繞著長達一個多月的舞蹈中心——屋形花車。在人們的目送之下，花車將會收進倉庫裡，沉眠至明年夏天。

「結束了呢。」

和凜虎並肩提著燈籠的大和喃喃說道。

「嗯。」

紮起頭髮穿著浴衣的凜虎點頭回應。

「結束了。感覺一眨眼就過了呢。」

「是啊，的確。」

花車緩緩地前進在夜晚的主要道路上，許多燈籠浮現出淡淡的光芒。這片光景相當夢幻。就算對曾經看過另一個世界的藤澤大和來說亦是如此。

「我覺得很滿足。」

大和目送著花車，再次低聲呢喃。

「大概是成功替自己收拾殘局的感覺吧。我也覺得自己盡力了，畢竟沒有其他路可以選擇了，所以我很滿足。」

「我可是一點都不滿足。」

凜虎的表情氣呼呼的。

「或許吧。但是青山，這都是妳不好。」

另一方面，大和則是一臉神清氣爽。

「妳在最後太掉以輕心了。說出『想和我在一起』這點也很不妙。幸好妳是個渾身破綻的傢伙，不然我們就無法像這樣待在這裡了。謝啦。」

「……我不覺得你有感謝之意。」

「是啊，我是在逗妳。」

大和戲謔地說道。

凜虎露出一臉火大的表情。「別生氣啦。」大和笑道：

「我選了自認為最好的方法，所以我這樣就滿意了。抱歉，我要妳陪我到最後。」

「嗯，我會陪你的。」

凜虎立刻回答。

她凝視著鎮上浮現在燈火之下的夜景，說：

「我當然會陪你到最後。我的願望就是和你在一起，所以你才會將性命分給我，讓我像這樣待在這裡。因此我會永遠和你在一起的，就算你不願意，我也會陪你直到最後的最後。」

「喔，我可是喜聞樂見。」

大和信心十足地說道。

凜虎嫣然一笑。那是過去絕對無從得見的笑顏，毫不嚴峻又很柔和。那天之後她便常常面帶笑容。不光如此，表情還變得很豐富。她會笑容滿面、喜上眉梢，時而哭泣、時而憤怒。

相反的，她的憂慮之情變得更濃重了。此時她的側臉，也帶著無可言喻的陰鬱。悔恨、苦惱、愧疚交互使她的目光蒙上陰霾。簡直像是個年紀輕輕就失去伴侶的寡婦，或是犯下了絕對無法償還的過錯之罪人。不過大和覺得這樣也不壞就是了。

「青山，妳啊……」

「什麼？」

「妳是不是誤會了什麼？」

燈籠海抵達了舊官廳前的廣場。人們圍著舞蹈花車，正要開始跳為今年夏天劃下句點的最後一場舞。

「誤會？」

「雪夜跟我說『我妹妹就拜託你了』喔。」

辛苦了。

明年也多多指教。

四處傳來這樣的聲音。

「可是我啊，至少我的一部分是青山雪夜。看過了另一頭的世界再回來，我才終於察覺就是。收下他的性命，換句話說便是那麼回事。」

「……？」

「Maria 老師會怎麼說呢……『也是會有這種事的』嗎？但是啊，我可絕對不想共赴黃泉。難得像這樣撿到一個出乎意料的可能性，至少我能說，我們還沒有竭盡全力。所謂真正的奇蹟，是在全力以赴之後才會出現的，悄悄現身在魔女和神明都不曉得的地方——就連還在念高中的我都知道這個道理。」

「抱歉，我聽不懂你在說什麼。」

「我想也是。那妳看一下這個。」

語畢，大和閉上了雙眼。

他歪過頭，把手指折得劈啪作響，轉了轉肩膀，自顧自地喃喃說：「是這樣嗎？」「不對，是這樣吧。」

不久後大和說著「好，就是這樣」同時點點頭，緩緩伸出手。

「咦？什麼？」

凜虎依然摸不著頭緒。

大和一動也不動地繼續朝黑暗的另一端伸出手臂。

今年的壓軸曲〈川崎〉、圍繞著花車跳舞的人們，以及眺望著舞群的人潮。當中唯有大和一個人不受他人影響，逕自佇立著。人們閃避著他，就像是在裝了水的盤子裡滴入一滴油似的——不，感覺眾人根本沒有認知到他這個人的存在。

（這是結界——？）

當凜虎注意到的下一個瞬間——

夜空某處傳來啪噠啪噠的細微聲響。

那道聲音不斷接近，最後停在大和的手臂前端。

是鳥兒。

是隻感覺只有掌心大小的小鳥。

鳥兒？

在三更半夜出現？

凜虎瞠目結舌。這隻鳥究竟是怎麼回事？她雖然知道這是隻小鳥，卻完全無從猜想牠是什麼名字、什麼品種的鳥，有股極其古怪的突兀感。

這是怎樣？

發生了什麼狀況？

「我現在也做得到這種事了。」

大和說。

這句話彷如信號似的，小鳥同時振翅飛去，而後隨即像是幻影般融入半空中消失。踏上歸途的人們沒有人注意到此事。

「這真的是撿到的，我並沒料到會變成這樣，但我想這也是試圖卯足全力所帶來的結果。與其說結果，或許該說褒獎？」

「……」

「哎呀，要是妳問『那又怎樣』，我現在還只能做到這樣而已。」

大和掛著傷腦筋的表情對一臉茫然的凜虎說：

「不過我要賭在這之上。雖然不曉得我之後可以做到些什麼，但這次說不定能夠引發真正的奇蹟。」

說完，大和笑了。

那是張很有他風格的堅毅笑容。

同時卻也令凜虎莫名聯想到青山雪夜的溫柔表情。

「妳願意陪我蠻幹一場嗎？」

「我願意。」

凜虎再次即刻回答。

「我當然會陪你的，陪你到最後是我最大的心願。」

「喔，包在我身上吧。」

大和挺起了胸膛。

凜虎面帶微笑凝望著大和。

大和也同樣笑著凝視她。

凜虎持續盯著他瞧。

一直瞧了很久，她才「嗯」一聲揚起下顎。

「……？」

大和歪頭困惑著。

「藤澤你……」

凜虎錯愕地說：

「連這種時候也很遲鈍呢。」

「……嗯嗯？」

凜虎露出了好像有點生氣，又像在鬧彆扭，其實卻是在渴求著某事的表情。面對這樣的她，

大和認真思考著。在此稍作解謎，現在是半夜，長達一個月的祭典在此告終，在這個未來或許露

出了一抹曙光的瞬間，周遭的人們並未注意到他們。

大和喜歡凜虎。

凜虎也寄心於他。

「原來……」

發出傻眼聲音的大和察覺到了。

與此同時，他繃緊了神經。

大和吞了口唾沫，將共享性命的對象肩膀摟了過來後——

儘管有些笨拙，但他完成了人生第一次的重要任務。

國家圖書館出版品預行編目資料

陪我到最後 / 鈴木大輔著 ; uncle wei 譯 . -- 一版 .
-- 臺北市 : 臺灣角川股份有限公司 , 2022.09
面 ;　公分 . --（輕 . 文學）

譯自 : ……なんでそんな、ばかなこと聞くの？
ISBN 978-626-321-798-0(平裝)

861.57　　111011235

輕文學 Light Literature

陪我到最後

原著名＊……なんでそんな、ばかなこと聞くの？

作　　者＊鈴木大輔
譯　　者＊uncle wei

2022年9月22日　一版第1刷發行

發 行 人＊岩崎剛人
總　　監＊呂慧君
總 編 輯＊蔡佩芬
特約編輯＊林毓珊
美術設計＊林慧玟
印　　務＊李明修（主任）、張加恩（主任）、張凱棋

台灣角川

發 行 所＊台灣角川股份有限公司
地　　址＊104台北市中山區松江路223號3樓
電　　話＊（02）2515-3000
傳　　真＊（02）2515-0033
網　　址＊http://www.kadokawa.com.tw
劃撥帳戶＊台灣角川股份有限公司
劃撥帳號＊19487412
法律顧問＊有澤法律事務所
製　　版＊尚騰印刷事業有限公司
I S B N＊978-626-321-798-0